I0623912

H.w.D

Une part d'Éternité

Manuscrit traduit de l'américain
par Eleanor K. Smith

North Star Ed.

Titre original : *A piece of Eternity*

Oct. 2015, by North Star Ed, New York.
ISBN 978-2-9554736-0-3
V1.4

This book is dedicated to Whisky,
the most everything.

PARTIE I

1

A trois ou quatre méridiens de là, plus à l'est, le Soleil émergeait à peine, mais déjà percevait-on chez l'astre comme une impatience juvénile à bousculer la nuit profonde. Lentement les rayons se déversaient à la surface de la Terre, comme débordant d'un vase immense. A une échelle plus humaine, une agréable et insouciante journée s'annonçait, avec pour seul but, semblait-il, ressembler en tout point à la précédente. Une raison à cela : une absence quasi absolue de fait marquant. Une étrange torpeur avait envahi les villes, puis la planète toute entière. Les chroniqueurs en manque de nouvelle sensationnelle roulaient des yeux et frôlaient le suicide. Hier encore, un journaliste avait été sauvé in extremis d'un lynchage pour avoir tenté d'incendier le building Max Eliot à Angeli Citae. Chacun, comme prisonnier d'une journée perpétuelle, se laissait aller à la monotonie et à l'ennui. Et cette journée, encore une fois, chacun en était persuadé, n'offrirait aucun répit. Elle ne serait rien de plus que le juste reflet de la précédente, une simple et stricte réplique, calme, rassurante, inoffensive, assommante !

Pourtant, à l'instant même où les premiers rayons transperçaient la lourde obscurité, tout sur cette planète ne fut plus que fragile apparence, lointain et invisible un mécanisme létal s'enclencha :

De lourds rouages imperceptibles à toute conscience humaine entrèrent en branle. Par habitude encore, la vie poursuivrait machinalement son cours, insouciante.

Gabriel Primae accueillit cette journée naissante en bougonnant, l'esprit encore égaré entre songes délicieux et réalité trop amère. Cette dernière prit définitivement le dessus lorsque son terminal lui signifia l'arrivée d'un message urgent en stridulant nerveusement. Après un long conflit intérieur, seul l'un de ses bras céda et répondit au message confus et incertain de son esprit. Une main aveugle tâtonna, explora l'espace et suivit bientôt une piste, puis une autre. A l'issue d'une chorégraphie chaotique, la main localisa enfin la touche du clavier tant convoitée et l'activa, non sans un léger soupçon de rage. Le silence revint dans la pièce presque trop brutalement. Alors aussitôt, la main victorieuse, comme abattue en plein vol, s'effondra mollement. Enfin, un profond soupir d'aise inonda tout le corps, comme une incantation au retour des songes. Mais…
Une étincelle de curiosité s'alluma dans l'esprit de Gabriel, si minuscule qu'il crut pouvoir l'occulter d'un simple effort de conscience. Il tenta de feinter, fit mine de l'ignorer. Peine perdue. Elle le narguait de façon insupportable ! Ses yeux à peine éveillés se posèrent alors sur l'écran luminescent de son terminal et déchiffrèrent la nouvelle qui, en un instant, détruisit l'une de ses rares consolations sur cette planète : la monotonie rassurante et soporifique de son emploi du temps. Contrarié et soucieux de replonger au plus vite dans un sommeil réconfortant, Gabriel ne fut pas en mesure de percevoir la légère inflexion que prit dès lors son destin. Car étrangement, à la lecture de ce message, s'initia une infime

mais troublante distorsion de l'espace et du temps. Les deux échelles humaine et cosmique s'étaient entrecroisées, puis enlacées. Et bien qu'un calme profond régnât dans la pièce, l'avenir de Gabriel en était bel et bien bouleversé, transfiguré, et avec lui celui de tout un monde.

A la lecture de ce message, toute personne normalement constituée eût bondi de son lit, activé la connexion au réseau et tenté, malgré l'heure fort matinale, de joindre quiconque pu être joint au centre policier de la mégapole.

Gabriel Primae lui, composa un tout autre scénario. Il se contenta de soupirer pour manifester sa mauvaise humeur et replongea la tête entre les oreillers. Il n'irait pas travailler aujourd'hui, ni demain, ni aucun autre jour. L'écran scintilla, annonçant sa mise en veille. Les quelques lettres lumineuses encore affichées s'effacèrent lentement :

Un astéroïde détruit la zone alpha de Maxima Citae

Cette zone regroupait d'importants complexes de recherche, comme toutes les zones alpha, à un détail près, celle-ci abritait le célèbre Remona Plava Institut où Gabriel occupait, outre son emploi de potentiel sauveur du monde, un poste de chercheur en biotechnologie cybernétique.

Après des études universitaires menées sans grand enthousiasme, Gabriel avait fini par se passionner pour cet obscur domaine des sciences. L'antimatière et la fusion à froid occupaient encore le devant de la scène scientifique et attiraient par là même toute l'attention de ses collègues. Gabriel trouva donc sans peine un poste au sein du bien désuet département des énergies dites « naturelles ». Secteur de recherche ostensiblement dédaigné et ridiculisé pour n'avoir permis à quiconque ni de briller, ni de passer à la postérité. Gabriel s'octroya néanmoins le mérite d'une embauche âprement gagnée selon ses dires, puis celui d'une vague promotion qu'il attribua à la publication de résultats passés inaperçus, dans le pourtant célèbre *New Journal of Advanced Sciences*. Jamais il ne fut en mesure de suspecter ni l'intervention bienfaitrice d'un obscur financier ni la bienveillance tacite dont le gratifiaient ses pairs en mémoire de son illustre parent.

Gabriel se serait probablement réveillé vers midi si, à dix heures, des martèlements assourdissants n'avaient mis à rude épreuve le blindage de la porte d'entrée. Grognant et pestant, il se traîna jusqu'à la porte. Effrayé, son chien Whisky finit par sortir de sa cachette et, bien résolu à faire montre d'un soupçon de vaillance, se plaça courageusement derrière son maître en égosillant un timide grognement interrogatif. Dans sa logique personnelle et à ce degré de fatigue et de lassitude, Gabriel n'était guidé, ni par la curiosité, ni par un quelconque altruisme visant à soulager l'impatience qui animait l'auteur de ce vacarme. Mécaniquement et instinctivement il ne visait qu'une chose, mettre un terme à cette symphonie de décibels, et ce, quelqu'en soit la cause et le moyen pour y parvenir. Au moment d'ouvrir, il eut juste le temps de remarquer le clignotement hystérique de son agenda de poche, saturé d'innombrables messages. Finalement, la porte s'ouvrit.
- … !
- Prim', qu'est-ce que tu fous ?! … Zones alpha…
Explosions… !

Un homme entra en trombe, gesticulant et débitant un flot de paroles incompréhensibles, du moins pour son auditoire. Gabriel et son animal échangèrent le même regard interrogatif, chacun espérant une réponse de l'autre. En vain. Finalement, l'esprit encore brouillé par le sommeil, Gabriel reporta son attention sur son visiteur et tenta vainement de déchiffrer la chorégraphie qu'effectuait une paire de bras comme pris de panique. Mais là encore, il n'aboutit à aucun message tangible. Seul Whisky trouva finalement matière à réagir et fit fête au visiteur.

Pour seule réponse, Gabriel se détourna de l'image floue que lui offraient ses paupières encore à peine entrouvertes et se dirigea vers la salle de bain. Après une pulvérisation à haute pression, il put adresser ses premiers mots à son ami et collègue Yvan Pernel :

« Vas-y Per', je t'écoute maintenant ».

Yvan tout occupé à jouer sur le lit avec le fauve de la maison se redressa brusquement. Il s'apprêtait à reprendre cette agitation de chroniqueur sportif lorsque la mine défaite de Gabriel, de qui s'apprête à recevoir une gifle, mais y consent résigné, l'arrêta. Ses mains prirent alors une fonction moins aérienne et le ton de sa voix s'adoucit proportionnellement :

- Prim, t'es au moins au courant de l'explosion des zones alpha... Non ?

- Oui, oui, j'ai lu le message tôt ce matin... Quoi « Des zones alpha », y'en a plusieurs... ?

- En fait trois zones auraient été détruites. Deux sur le continent, celle de Maxima Citae et d'Ultima Citae et une troisième au sein du complexe lunaire de la Mer de Fertilité ! Tu te rends compte ! Les infos ne parlent que de ça !

Heureusement les sites ont été touchés en pleine nuit, on ne dénombre que quelques centaines de morts, t'imagines le carnage en plein jour ?!

- Des astéroïdes, c'est ça ? Etrange… Non ?

- C'est la version officielle, mais j'y crois pas plus que toi ! J'ai pu contacter Swann vers huit heures…

Gabriel fronça les sourcils :

- Swann, c'est qui ça… ?!

- Mais si Swann, tu sais le gars un peu autiste qui bosse à l'observatoire de la base N°5, tu l'as croisé chez Sylvia, on n'arrêtait pas de se foutre de ses blagues vaseuses… bon bref peu importe… et bien la pluie d'astéroïdes était prévue depuis plus de deux mois ! Le comité planétaire prétend que le bouclier de Van Allen aurait laissé filtrer quelques corps mineurs ! Foutaises ! Ce bouclier a été mis en place quand ma grand-mère portait des couches, il n'a jamais défailli ! S'ils pensent pouvoir nous faire avaler ces foutaises tout justes bonnes à enfumer la populace ! Gabriel, merde dis quelque chose ! Dis donc, t'as une sale tête ! » Conclut finalement Yvan en arborant un large sourire qu'il voulait communicatif. Habitué à l'esprit tohubohuesque et parfois farfelu de son ami, Gabriel n'en considéra pas moins l'hypothèse alarmiste. Mais en définitive, il n'apporta de réponse qu'à la dernière remarque de son ami :

« J'me suis couché tard, une soirée chez Léna articula Gabriel en se voulant laconique. »

Yvan, bien que familier de l'apparent flegmatisme de son ami, ne marqua pas moins un réel dépit face à son imperturbable inertie. Il se résolut malgré tout à ne pouvoir communiquer son enthousiasme débordant de jeune découvreur de conspiration intersidérale. Il enchaîna :

« Ah, j'oubliais, le directeur du groupe sollicite notre présence à tous au siège à dix sept heures, tu as dû recevoir un message officiel à ce sujet. Si ça te dit, avec Marcus, Tras et Sylvia on s'est donné rendez-vous à la terrasse du Majestic à quinze heures, tu nous rejoins ?

- Oui bien sûr, enfin si j'arrive à me réveiller... Je sais pas ce que j'ai, je suis complètement amorphe…

- Oh c'est pas vrai, j'avais pas vu, je suis en retard ! Le coupa Yvan. Faut que je me sauve, j'ai justement rencard avec un pote à Swann, il aurait, je sais pas, un truc super important à me montrer. Il a pas voulu m'en dire plus dans son message ! Ce qui m'intrigue, c'est qu'il soit déjà rentré sur Terre… ! Bon je décolle, à plus ! » Yvan retrouva toute son excitation et sa célérité coutumières. Il se dirigea vers la porte puis s'éloigna dans le couloir, avant de disparaître dans l'ascenseur, il hasarda un « invite donc Léna ! ».

Gabriel et Yvan, c'était une longue histoire qui remontait aux bancs de l'université, section nanotechnologie avancée. Leur amitié illustrait parfaitement l'adage issu des nouvelles théories quantiques de Lenikov et vulgarisé sous la forme populaire « les extrêmes se rejoignent ». Car rien ne semblait les prédestiner à une pareille amitié. Gabriel, de taille moyenne, solidement bâti, affichait constamment un caractère maussade et réfléchi et arborait presque fièrement une humeur misanthropique. Yvan, quant à lui, était tout en longueur et cachait mal sa nervosité derrière une bonne humeur foisonnante. Bien souvent des disputes éclataient entre eux mais jamais n'altéreraient ni l'estime, ni l'admiration qu'ils ressentaient secrètement l'un pour l'autre.

Gabriel prit la résolution de s'habiller par cette radieuse journée d'avril, pendant que Whisky sautait et gesticulait sur le lit abandonné. Rapidement essoufflé, il saisit le premier bout de tissu venu et le tira de tout son corps en grognant de plaisir. D'un regard appuyé il invitait son maître à une participation plus marquée à son jeu favori.

Gabriel le regarda un instant amusé, il ne pouvait résister bien longtemps à ce curieux animal dont le phénotype rappelait bien plus le croisement d'une loutre et d'un astracan, que celui d'un chien.

2

A quatorze heures trente, Gabriel prit l'ascenseur qui le propulsa jusqu'au sommet de la tour puis rejoignit la navette parquée sur le toit. Le départ pour le centre mégapole était imminent. Le dernier à monter, il s'installa comme à l'accoutumée, à l'écart, près de la coque quasi invisible. Sans attendre la navette décolla. Gabriel, la tête encore un peu lourde, accueillit avec bonheur la lumière chaude et éblouissante du soleil que reflétaient à l'infini les innombrables tours de nano-carbone d'aspect métallique. Seules les tâches verdoyantes artificielles apportaient quelque repos pour les yeux et semblaient rappeler que ces structures rigides et inertes abritaient malgré tout la vie. Gabriel soupira et affronta du regard l'astre éclatant. Mais bientôt la paroi de la navette s'opacifia et n'offrit plus, ça et là, que quelques apparitions fantomatiques de vagues tâches lumineuses filant le long de la coque. Cinq minutes suffirent pour atteindre le centre et suffirent également à Gabriel pour s'assoupir voluptueusement…

Une douce et séduisante voix synthétique annonça l'approche du premier arrêt aux passagers conscients :

« Tour Marshall – deux minutes d'arrêt ».

Quant aux autres voyageurs, des micro-capteurs biologiques détectant la moindre perte de conscience se chargeaient de provoquer une vibration dans l'armature du siège. Ce procédé, Gabriel l'avait en horreur. Tout comme lui insupportait ce techno mimétisme anthropomorphique tapageur ; à l'image de cette voix veloutée qui lui souhaita un « agréable après-midi » alors qu'il descendait. Pour seule réponse, Gabriel fronça les sourcils et fusilla du regard le haut-parleur d'où étaient sortis ces quelques mots avec une si troublante sincérité. « De l'émotion en boîte » disait-il, avant d'admettre qu'au fond, la version humaine n'eût guère été moins artificielle.

« L'arrêt » était situé au sommet de la tour et s'apparentait bien plus à une gare aérienne. Gabriel inspira profondément. L'air était particulièrement vif malgré l'heure avancée de la journée. Cela tombait bien, il avait un grand besoin de faire le plein d'oxygène avant de s'engouffrer dans les entrailles du gigantesque bâtiment. Grisé et regonflé par les éléments Gabriel prit enfin le temps d'admirer un peu la vue (même si les vols en navette étaient quotidiens, cela restait une sorte de tradition). « Pas un nuage à l'horizon ! » Dit-il tout haut.

« Ca va pas durer, y a du gros temps qui arrive… »

Gabriel se retourna et découvrit une drôle de gamine assise sur un banc. D'une main, elle tenait sur ses genoux une petite plante en pot et de l'autre, vissé sur sa chevelure blonde, un chapeau manifestement trop grand pour son âge.

« Vous êtes bien aimable mademoiselle » répondit Gabriel en effectuant une petite révérence. Il avait espéré en retour un éclat de rire innocent ; il ne reçut qu'un étrange sourire, sans joie, qui tenait plus de la grimace. Aurait-elle été plus âgée, il aurait juré y voir de la malveillance ! Alors qu'un groupe approchait, il s'éloigna un peu troublé et mal à l'aise. Dans un dernier coup d'œil, Gabriel croisa son regard. Elle ne le quittait pas des yeux… Mais cette fois son visage n'exprimait pas la moindre émotion…

Gabriel eut comme un mauvais frisson. Mais il ne pouvait pas s'éterniser et son cerveau se chargea de rapidement clôturer l'événement par un « bah les jeunes... ! »

Un passage à sa boutique de prédilection s'imposait avant de rejoindre ses amis au Majestic. Gabriel emprunta les colonnes gravitationnelles et se laissa descendre quelques étages plus bas. Là, il tenta de ne pas paniquer face à la foule et se dirigea prestement vers la devanture dorée de la Civetta Suavor. A son approche, la paroi de l'entrée qui assurait l'étanchéité du magasin se sublima. Il en résulta un halo gazeux iridescent qui enveloppa sa silhouette et lui donna une sensation de passe-muraille. Une technologie qui cette fois ne le laissait pas indifférent. Passant et repassant sa main il resta un long moment planté là, au beau milieu de l'entrée, à étudier la réaction du matériau. Il pensa tout haut :

« La structure présente sans doute un point de sublimation proche de la température du corps... Il doit y avoir un champ de force quelque part... Là un générateur de gradient magnétique ! Ca retient le gaz produit et permet aux molécules de retrouver leur place au sein de la structure sans se dissiper... La solidification est quasi instantanée à la température ambiante constante de la climatisation... Quoi que, je ressens comme un air froid... »

Son regard ravi croisa celui de la vendeuse. Elle lui donna aussitôt l'impression d'être un gamin émerveillé pour un rien. Manifestement gêné, Gabriel se détourna de l'entrée et fit mine d'un désintérêt peu convaincant. Malgré tout, il ne put résister et demanda quelques précisions sur la composition du gaz... Le regard décomposé puis le sourire navré de la vendeuse furent les seuls éléments de réponse scientifique. Soudain, un employé qu'il n'avait pas vu arriver précisa :

« C'est un nouveau modèle Monsieur qui a été installé cette semaine… Croyez sincèrement que nous regrettons de ne pouvoir vous en dire davantage… Par contre pour le reste, nous sommes bien sûr à votre entière disposition… Monsieur est un habitué je crois… ? Conclut l'homme avec un sourire élastique.

- Hum… ? Oui en effet, répondit laconiquement Gabriel en prenant l'air inspiré. Il ne souhaitait nullement entamer une discussion avec celui qu'il venait d'identifier comme le patron et encore moins être aspergé de formules dégoulinantes et obséquieuses.

Car en cet instant, les délicates senteurs, chaudes et enivrantes qui l'entouraient, lui interdirent tout nouvel effort du cortex. Elles firent naître des promesses de plaisirs primitifs et sauvages dans les couches profondes de son cerveau. Les yeux de nouveau émerveillés, Gabriel posa longuement son regard vers les multiples étalages de la Civetta Suavor. Après une silencieuse méditation, il pointa pour la vendeuse quelques modèles de vitoles pour en apprécier les parfums gras et épicés. Il discerna tantôt les notes de cuir et de vanille, tantôt les odeurs chaudes et suaves des terres humides. Finalement, il opta pour une douzaine de cigares. Il remercia la vendeuse et prit la sortie, cette fois, sans s'arrêter. Il rejoignit l'une des grandes allées puis hésita un instant sur le meilleur chemin à prendre pour rejoindre le Majestic. Les premiers ascenseurs étant bondés, il opta pour les biens désuets escaliers. Gabriel chercha un instant, mais ne trouva qu'une étrange porte sur laquelle était écrit « ISSUE DE SECOURS ».

L'inscription était peu visible mais elle devait sans doute s'illuminer en cas de danger. Il n'entrouvrit que légèrement la porte par peur de déclencher une quelconque alarme. Rien ne se passa. Il ouvrit davantage et aperçut les premiers degrés. Il jeta un dernier coup d'œil dans l'allée ; personne ne faisait attention à lui ni n'avait repéré son comportement suspect. Il grimpa les premières marches et se retrouva rapidement près de deux étages plus haut. Comme il se sentait en forme, il décida d'accélérer le rythme, mais au lieu de cela, il stoppa net et tendit l'oreille. Des bruits de pas ! Il ne s'était pas trompé… Quelqu'un d'autre montait derrière lui. Mais soudain plus rien, plus un bruit. Tout comme lui, la personne s'était arrêtée en pleine montée. Cette fois, cela ne pouvait plus être une simple coïncidence. Intrigué, il se pencha pour tenter d'apercevoir son suiveur, mais bien évidemment, il ne vit rien, personne ! L'escalier semblait parfaitement désert. Mais il n'avait pas rêvé ! Il allait reprendre sa montée lorsqu'il céda à un réflexe comportemental qu'il savait pourtant totalement illogique. Il posa cette question qui jamais ne reçoit de réponse :

« Hé ho, y a quelqu'un… ? »

Il tendit l'oreille… Rien, personne ne lui fit la réplique… Mais soudain un léger bruit… !

« Je vous entends ! Qui est là ? »

Toujours aucune réponse. Gabriel avait nettement l'impression d'entendre quelqu'un respirer. Est-ce qu'il délirait, avait-il une hallucination ? Soudain il se rappela cette gamine, lui faisait-il une mauvaise blague… ?

« Très bien, je descends ! »

Gabriel avait parlé haut et fort comme pour se rassurer et casser ce scénario déplaisant où il jouait à n'en pas douter le rôle de la victime ou de la proie.

Il descendit quelques marches avec aplomb puis s'arrêta. Après un long et pesant silence Gabriel entendit à nouveau des bruits de pas. Ce n'était clairement pas une gamine... L'inconnu descendait, mais à pas lents et assurés. Il était clair qu'il ne l'avait nullement impressionné... Il en avait la certitude, la partie n'était pas terminée.

Gabriel fut pris de l'envie irrésistible de le poursuivre, mais après un réflexe illogique il ne put se résoudre à céder à un réflexe on ne peut plus primitif.

Il reprit lentement la montée des marches, l'esprit éprouvé et harcelé par cette double interrogation : Qui ? Pourquoi ?

Il n'émergea de cette torture cérébrale qu'à l'approche du très fameux Majestic. C'était assez surfait en terme de style, mais au moins, pas la moindre faute de goût. Il entra, et de la main, stoppa net un serveur qui accourait pour l'accueillir. Par quelques signes, il lui fit comprendre qu'il allait rejoindre des amis. Du moins, c'est ce qu'il crut lorsque le serveur acquiesça d'un signe de tête. Après un rapide examen, Gabriel aperçut Yvan qui agitait une main frénétique au beau milieu d'une dizaine de leurs collègues. Tous avaient trouvé place au premier étage sur l'une des spacieuses terrasses. Plus nombreux que prévu, le groupe discourait abondamment dans un brouhaha détestable, du moins pour Gabriel. C'est donc aussi à l'aise que baignant dans un nuage d'acide sulfurique qu'il approcha d'Yvan. Ce dernier, pleinement conscient de ce fait, affichait un large sourire, mais un sourire qui rappelait à son ami qu'il était lui, parfaitement à l'aise, au beau milieu de cette foule « piaillante » et virulente.

Résigné, Gabriel se prêta à quelques salutations et s'assit le plus loin possible de deux inconnus qui se disputaient le monopole de la parole et donc, pensaient-ils, l'attention de tous. Gabriel ne porta que peu d'attention aux multiples théories qui s'affrontaient à propos des destructions des sites alpha. Il commanda un café puis sortit l'un de ses cigares de son étui. Il le dévora des yeux et en apprécia encore une fois les molécules aromatiques. Finalement il l'alluma et plissa les yeux de plaisir en laissant échapper une voluptueuse colonne de fumée bleutée. Au même moment, le vainqueur de la joute verbale, un certain Andréa, tenait une harangue contenue à l'encontre du comité. Il l'accusait ouvertement d'avoir sur-estimé la capacité du bouclier de protection planétaire. Il s'exprimait avec le ton professoral de qui à longuement médité la question et qui consent à faire don de son savoir. Il n'attendait rien en retour, tout au plus quelques marques de respect et d'admiration. Seuls le trahissaient parfois quelques regards inquiets et répétés vers son auditoire pour en vérifier le degré d'attention.

Mais Gabriel ne put échapper à Yvan assis à sa gauche qui le jeta sans ménagement au beau milieu d'un tout autre débat :

« Hein ?

- Le voyage dans le temps, t'en penses quoi toi ?

Gabriel s'apprêta à froncer les sourcils et à balayer de la main cet éternel sujet récurrent pour pseudo scientifiques, mais apaisé par son cigare et avec la volonté féroce de faire un effort de sociabilité il répondit :

« Quoi le voyage dans le temps ? Bla bla... impossible, paradoxes temporels bla bla... impossibilité jamais démontrée... ?

Un peu refroidit Yvan reprit :

« Oui et donc tu en penses quoi ?

- Bah bien sûr que c'est possible ! Voilà des siècles qu'on est tout bonnement incapable de prouver le contraire ! Dit-il avec un sourire en coin.

- Et pourquoi personne n'est jamais venu du futur ? C'est bien la preuve que c'est impossible, répondit surexcité et fort satisfait de lui-même un collègue que Gabriel ne connaissait que de vue.

Sans lui signifier que quiconque ne vit pas enfermé chez lui a déjà entendu cette réplique un bonne centaine de fois, il lui répondit avec un sourire composé :

- Non ! Répondit-il aussitôt, c'est juste la preuve que l'espèce humaine aura disparu avant son invention ! C'est dans nos gènes, nous pauvres primates, de nous autodétruire ! »

Ces propos, totalement politiquement incorrects, eurent l'effet escompté : Gabriel fut poliment mais indéniablement exclu du débat. Seul Yvan lui adressait encore un regard comme pour lui dire : « mon pauvre t'es vraiment indécrottable ! »

Non sans déplaisir, l'heureux ostracisé porta son cigare à la bouche d'un geste affecté.

Marcus qui avait assisté à la scène se marrait tout seul dans son coin, sans se soucier le moins du monde d'afficher un comportement discutable sur le plan psychologique.

La bonne humeur avait gagné tout le groupe et l'angoisse, encore palpable il y a peu, semblait avoir totalement disparu.

Mais sur les terrasses voisines, cette bruyante animation rendait certains un peu nerveux. Des regards fusaient vers le groupe comme un premier avertissement. Andréa n'y vit qu'intérêt pour son discours et passion dévorante pour sa belle éloquence. Concédant à élargir son public, ce dernier donna généreusement de la voix et accentua la gestuelle de ses membres maigrelets.

Mais soudain, l'holovision du Majestic projeta comme en apesanteur l'image nacrée et vaporeuse de la présentatrice de la chaîne officielle. Et comme si la foule se fut subitement volatilisée, un silence sidéral accueillit cette apparition. Même Andréa, conscient qu'il perdait là tout intérêt aux yeux de son public, crut néanmoins bon de commenter :

« Ah enfin ! Le bulletin officiel ! »

Les lèvres d'un être de synthèse s'animèrent :

« Un communiqué du comité planétaire nous apprend l'arrestation sur le site alpha de la Mer de Fertilité d'un membre du groupe terroriste Stella. Compte tenu des idées anti-eugéniques radicales de ce groupe, la police oriente son enquête vers la thèse d'une action terroriste à l'encontre de certains groupes de recherche et tout particulièrement la société DNA Corp. pionnière en matière de sélection génomique et bio cybernétique. Rappelons que la société DNA Corp est à l'origine de plusieurs scandales et a été condamnée à plusieurs reprises pour avoir mené des recherches ne respectant pas les anciennes lois anti-eugéniques de 2270. Actuellement hospitalisé et dans le coma, le terroriste n'a pu être interrogé. Mais rejoignons Paula Klee en direct du QG de sécurité… »

Le brouhaha reprit immédiatement de plus bel, apportant les premiers commentaires. Yvan frappa sèchement sur la table :

« Ah ! Je vous l'avais dit ! Un pote qui bosse à l'Observatoire m'en a fourni les preuves, ces astéroïdes, c'était du bidon ! Mais du reste, je ne crois pas plus à l'implication du groupe Stella, c'est impossible…

- Ah ! Et pourquoi donc ? Encore une preuve de ton ami je présume ? Riposta Andréa, bien décidé à garder la vedette.

- Mais non, tout simplement parce qu'il n'y a pas eu de revendication et que le groupe Stella n'a jamais été impliqué jusqu'à présent dans des actions d'une telle envergure ! Leurs moyens sont extrêmement limités. Stella, c'est une couverture, c'est évident ! De plus, il y a eu des impacts c'est sûr, mais pas des impacts d'astéroïdes, quoi que ce soit, le bouclier ne l'a pas détecté, Swann n'a pas pu se tromper dans ses mesures…

D'un geste de la main Andréa rejeta ces paroles et à court d'argument sembla décréter la fin du débat.

- C'est bien joli tout ça, vos théories, mais on devient quoi nous dans tout ça ? Lança Urni dont l'inquiétude ne ternissait en rien son look d'ancien surfeur.

- C'est simple, les effectifs vont être dispatchés sur les autres sites.

- Mais ça va prendre des semaines, des mois pour organiser tout ça ! …

- Et comment va Léna ? demanda Sylvia à Gabriel, en aparté.

- Elle est crevée comme d'habitude, faut dire, elle bosse tellement, répondit-il entre deux bouffées.

- Dites donc, il est déjà moins vingt, faudrait peut-être penser à y aller » fit remarquer Marcus. »

Une fois les consommations réglées, le groupe rejoignit sans hâte la plate-forme de décollage.

Sylvia marchait au côté de Gabriel sous le regard agacé d'Yvan. Ce dernier avait toujours eu un faible pour cette jolie rousse mais n'avait jamais osé se déclarer. Gabriel l'aperçut malgré sa discrétion. Amusé, il composa une petite vengeance pour l'avoir jeté sans ménagement dans ce bain de foule. Il prit Sylvia par la taille et lui susurrât :

« J'aime beaucoup ta tenue, c'est la première fois que tu la mets, je me trompe.. ?

- Non, en effet ! S'exclama Sylvia tout simplement ravie, c'est un coup de cœur, c'est une Julia Lemont !

- Pardon, quoi donc… ?

- Ma tenue, c'est de la styliste Julia Lemont, j'adore sa nouvelle collection ! Mais dis donc Gabriel, tu m'avais cachée que tu t'intéressais à la mode…

- En fait pas vraiment, mais tu as vraiment bon goût et elle te va si bien ! »

Sylvia gloussa de plaisir. Yvan qui tendait l'oreille non loin, était au supplice !

Mais cette petite plaisanterie prit subitement fin. Un jeune homme venait d'arriver, il était essoufflé et avait la mine défaite. Tras travaillait dans l'équipe de Gabriel et sans déroger à sa nature introvertie, il resta à l'écart. D'un signe de tête il invita Gabriel à le rejoindre.

« Quelque chose ne va pas Tras ?

- J'étais au labo cette nuit… Mila et John…

- Quoi Mila et John… ?

- Ils étaient sur le parking… Le labo n'a pas été trop touché mais le parking…

- C'est pas vrai, ils sont… ? »

Tras soupira et baissa la tête pour seule réponse. Puis reprit :

« J'allais rentrer avec eux quand Hermann a exigé que je lui fasse un point au sujet de mes cultures et de mon protocole expérimental. C'est le labo de géophysique et paléo qui a été le plus amoché, il a été littéralement pulvérisé… Ils avaient fait une découverte… Toute l'équipe était là… !

- Merde… ! Quelle bande de … ! »

Ils finirent tout deux par rejoindre le groupe qui déjà s'engouffrait dans l'une des navettes de la compagnie STARFLY. Les discutions reprirent de plus bel, comme pour masquer une certaine inquiétude alors que le véhicule décollait.

Sylvia s'approcha de l'oreille de Marcus et lui confia :

« Tu sais entre nous, cette catastrophe aura au moins sauvé mon poste, du moins provisoirement…

- Quoi ? Qu'est-ce que tu veux dire… ?

- Et bien les tests effectués sur ma nouvelle molécule se sont révélés disons… assez décevants… Von Langer, mon directeur, m'avait clairement fait comprendre que ma place dépendait de ces résultats…

- Tu bosses avec Von Langer, LE Von Langer ! Ma pauvre ! Mais tu sais que ça peut changer ! Ils vont sans doute en profiter pour redéfinir les différents départements, arrange toi pour changer de référent ! Va voir Campbell il peut sans doute te prendre dans son labo !

- J'y ai pensé mais pas nécessaire !

- Quoi tu vas falsifier tes résultats ?   dit Marcus en plaisantant...

Sylvia resta impassible.

- Bah alors quoi ? ... Nan ! me dis pas que...

- Si ! Répondit Sylvia, Von Langer fait partie des victimes...

Soudain une forte embardée de la navette et un bruit assourdissant figèrent les conversations. Une patrouille de police venait de les frôler. Une telle manœuvre trahissait l'urgence de la mission. Certains s'étaient levés pour suivre la trajectoire du bolide et spéculer sur sa destination.

« Ils se dirigent vers le spatiodrome ouest, ça doit être une alerte ! » commenta Marcus.

De leur côté, Gabriel et Yvan avaient fait la paix et tentaient de plaisanter en aparté.

Mais à quelques mètres, un homme restait parfaitement immobile, la mâchoire serrée et le visage déformé par une haine viscérale. Il ne les quittait pas des yeux.

3

La navette survola un instant le bâtiment du groupe DNA Corp et attendit le signal l'autorisant à rejoindre la zone d'atterrissage. De nombreuses navettes étaient déjà parquées.

La plupart posaient un œil respectueux et admiratif sur l'édifice aux formes nobles et majestueuses. Malgré une large base, il semblait fuser vers le ciel telle une cathédrale titanesque. La réputation artistique de ce coûteux édifice résidait dans le nombre incalculable de façades de plexi-carbone qui reflétaient la lumière avec d'incessantes ondulations de couleurs spectrales.

Gabriel ne voyait dans cette architecture que les prolongements et excroissances aberrants d'un ego hypertrophié, la manifestation absurde, démesurée, d'une arrogante industrie. Un parfait reflet du maître des lieux, le directeur Hippolyte Messian.

La navette se posa finalement à une distance respectueuse ; le groupe en descendit et se mêla rapidement à la foule qui pénétrait déjà dans le hall. Ce dernier ne semblait offrir aucune limite et achevait de dissiper le moindre doute quant à votre insignifiance. Un sentiment d'infériorité et de religiosité saisissait sans doute certains aussi profondément que dans l'antiquité les gueux, croyants ou athées, pénétrant dans un temple abritant une quelconque divinité. Du moins, tel était manifestement le but recherché lorsque les yeux se posaient sur le gigantesque hologramme en lévitation représentant la signature du groupe : une double hélice d'A.D.N argentée cerclée de rouge, le tout tournoyant dans un vrombissement inquiétant. Et quiconque passait dessous craignait instinctivement pour sa vie. Ajoutons pour parfaire la description du décor, l'exposition des multiples inventions et procédés enfantés dans les laboratoires de la compagnie qui, immanquablement, escortaient sous bonne garde le visiteur égaré. Après une longue marche, l'on parvenait finalement au grand auditorium. Ce lieu n'était conçu que dans un but : y recevoir la bonne parole d'un être qui, à n'en pas douter selon lui, tutoyait de quelconques forces supérieures pour ne pas dire divines. Il attendait donc, de la part de ses employés, marques de respect et si possible crainte contenue. Mais ce jour, l'immense assemblée, habituellement aussi muette qu'immobile, s'avéra iconoclaste en tout point. Le suprême directeur Hippolyte Messian fit une entrée ratée dans un brouhaha indigne de sa personne. Ce petit homme potelé et rose comme un nouveau né ne se laissa pourtant pas décontenancer et, de sa démarche affectée qu'il croyait noble et féline, atteignit tant bien que mal le centre du majestueux promontoire. Ses bras s'élevèrent lentement vers l'assemblée et, pareil à un chef d'orchestre, ses mains s'agitèrent en direction de la salle comme cherchant à user d'un quelconque pouvoir inné à maîtriser les foules. Finalement, ses lèvres remuèrent en renfort, mais toujours sans résultat aucun. Bientôt, son image grotesquement agrandie apparut au dessus de lui. Elle le montra plus rosé que de coutume et légèrement défiguré par une sorte de rictus crispé qui pouvait paraître comique. Mais les moins distraits et les plus familiers reconnurent ce signe de nervosité, l'alerte se répandit aussitôt et quelques secondes suffirent pour amener un profond silence.

Tout de même un peu vexé, il put enfin déclarer :

« Allons, allons mes chers amis, je comprends votre agitation, mais je vous en prie, laissez-moi la dissiper s'il vous plait. Comme vous le savez, les récents événements ont touché de plein fouet la société DNA Corp. Néanmoins, veuillez croire que tout est ou sera fait pour vous attribuer de nouvelles affectations idoines durant la reconstruction des infrastructures. D'autre part, tout sera également fait pour vous assurer une sécurité absolue sur vos nouveaux sites ! »

Un brouhaha reprit dans la vaste salle. Yvan commenta également les premiers mots du président :

« Et comment vont-ils s'y prendre pour assurer notre sécurité ! Hein ?! »

Il avait parlé tout haut et sur le ton de la révolte, pour un peu il se serait levé et aurait brandi le poing, pensa Gabriel à ses côtés. Ce dernier jeta un coup d'œil vers le président puis le personnel de sécurité, personne n'avait repéré son agitateur d'ami. Seule une poignée d'individus avait réagi et abondait en son sens.

Assise à sa gauche Sylvia déclara révoltée :

« …ont touché de plein fouet la société DNA Corp ? Il parle de quoi là des gens ou des bâtiments ?! »

Finalement, chacun y alla de son commentaire, comme pour évacuer une part de son stress. Certains même, probablement plus touchés par les événements éclataient en sanglots. Finalement, plus par l'agitation du service d'ordre que par la nouvelle chorégraphie agacée du directeur, le calme revint peu à peu. Ce dernier reprit la parole en cachant maladroitement sa profonde colère. Il toléra néanmoins fort gracieusement et en signe de mansuétude, les pleurs étouffés qu'une femme ne parvenait à contenir au troisième ou quatrième rang :

« S'il vous plait !... Monsieur Finnesia ici présent est chargé de mener à bien cette tâche, aussi je demande à tous les directeurs de bien vouloir se mettre en rapport avec lui dans les plus brefs délais. De plus…

Messian ne put terminer sa phrase, un vacarme inquiétant se fit entendre près de l'entrée. Soudain un groupe de commandos d'élite T4 fit irruption dans la salle, précédé de deux robots de l'unité de déminage. Le chef de cette troupe d'élite tenta de s'adresser à la foule, mais il n'eut guère plus de succès que le directeur. Ce dernier affichait maintenant un regard ahuri. La panique avait saisi les premiers rangs et se propageait maintenant de façon chaotique jusqu'au fond de la salle. Mais bientôt, de ce chaos naquit l'ordre. La masse humaine fut en effet prompte à réagir tel un unique organisme, et comme si un puissant influx nerveux l'eut parcouru, il se contracta brutalement. Le chef des commandos donna des ordres pour tenter de contenir les premiers mouvements de cette étrange créature ; mais irrésistiblement, son instinct la poussait à confluer vers l'unique sortie. Devant cet échec, il se résolut finalement à informer le directeur de la gravité de la situation dans l'hypothèse où celle-ci ait pu lui échapper.

L'affolement et la panique générale s'amplifièrent encore avec les premiers cris :

« Les T4, c'est une BOMBE !! »

Aussitôt, la marée humaine se contracta plus violemment encore et pareille à une vague, s'abattit sur les portes entrouvertes. Au dehors, un battant en fut arraché de ses gonds et vola en éclat. Les quelques commandos restés dans le hall assistèrent impuissants à ce torrent humain qui jaillissait de toute part. Les malheureux qui chutaient étaient copieusement piétinés par les mêmes qui, il y a peu, déambulaient dignement. Fi des grandes découvertes, des insignes de noblesse et du cérémonial, un seul mot d'ordre résonnait de toute part, la lutte pour la vie !

Dans la cour extérieure les forces de l'ordre orientaient tant bien que mal les premiers arrivés vers les navettes les plus proches.

Yvan et Marcus conseillèrent de rejoindre la sortie en prenant l'autre allée, beaucoup moins encombrée. Au niveau des premiers rangs, Gabriel s'arrêta ; une femme était recroquevillée sur son siège et semblait en état de choc. De ses mains, elle cachait le bas de son visage comme pour retenir un cri. Ses yeux écarquillés semblaient contempler une toute autre réalité. Gabriel constata qu'elle avait plusieurs pansements au visage et sur les bras. Il posa ses mains sur ses épaules et hurla pour se faire entendre :

« Madame, venez avec moi je vais vous aider ! »

Si son esprit parut refaire surface, son corps, en revanche, semblait inerte. Alors il la souleva et l'aida à regagner la sortie avec le renfort de Sylvia.

Emportés par la foule, Yvan, Tras et Marcus se trouvaient à quelques mètres devant eux. Ils cherchaient à tout prix à ne pas se perdre des yeux. Mais arrivés au dehors, les deux groupes ne purent se retrouver. Poussé par la sécurité, le premier groupe s'engouffra dans l'une des navettes. Ralentis par la femme qu'ils secouraient, Sylvia et Gabriel ne purent les rejoindre, le véhicule fut rapidement complet et décolla aussitôt.

« Et zut… ! » eut tout juste le temps de commenter Sylvia.

Un homme se planta devant eux et hurla : « Mesdames, monsieur ne restez pas là, veuillez me suivre immédiatement ! » Tous trois suivirent un officier lourdement armé qui les mena rapidement à proximité d'une porte grande ouverte :

« Montez à bord, c'est le prochain départ ! ». Ils n'eurent pas le temps de remercier l'agent qui déjà interpellait l'un de ses hommes :

« Faites moi une ligne et dirigez les civils par ici ! »

Sylvia et Gabriel aidèrent la femme à monter et tous trois rejoignirent le fond de la cabine. Rapidement bondée, la navette décolla aussitôt et prit de l'altitude. Chacun était à bout de souffle, mais immédiatement, un profond soulagement se fit ressentir parmi les passagers.

Certains, les moins choqués, regardaient par la fenêtre l'étrange spectacle : le gigantesque édifice avait perdu toute magnificence et n'offrait plus que l'image navrante d'une ruche meurtrie laissant échapper une nuée d'abeilles affolées

Personne ne parlait. Les gens toussaient, pleuraient et gémissaient. Finalement Sylvia retrouva le sens du langage :

« C'est dingue, mais pourquoi s'attaquer une nouvelle fois à DNA Corp, ça n'a pas de sens… Ils ne s'attaquent qu'aux infrastructures, tuer des gens n'est pas leur but premier…

- En effet, les bases alpha puis cette alerte à la bombe, pourquoi… ? Lui répondit Gabriel.

- C'est le groupe Stella, c'est sûr, ils ont perdu la boule ! Lança un homme les yeux encore remplis de terreur.

4

Complexe lunaire de la Mer de Fertilité
Observatoire de la base N°5 - La nuit précédente.

Swann posa son café brûlant sur le coin de son bureau avec une infinie précaution puis s'assit confortablement. Il scruta à nouveau l'écran sur lequel apparaissait sa toute dernière découverte astronomique : l'amas galactique GCSW012.

Il en était particulièrement fier et aimait l'admirer lorsqu'il faisait une pause.

Soudain la porte principale s'ouvrit, il sursauta. Alan se tenait dans l'entrebâillement, la mine fatiguée :

« Ah t'es là ! Dis, j'ai lancé la séquence d'analyse sur mon poste, t'y jète un œil ok ? Au cas où faut reparamétrer, hein ? Bon, j'me casse, amuse toi bien et à demain ma poule ! »

- Ok à demain ! La porte se referma aussi sec.

Cette fois il était enfin seul. Ce n'est pas qu'il n'aimait pas ses collègues, il les trouvait plutôt sympas, même si ils le charriaient un peu trop à son goût. C'est juste qu'il aimait la solitude et beaucoup moins le travail en équipe.

Il porta lentement la tasse à ses lèvres, l'esprit concentré sur son écran. Soudain il se mit à hurler et à jurer copieusement :

« Et merde ! J'me suis encore brûlé, c'est pas vrai, mais quel con !! »

Il reposa sa tasse avec agacement. L'écran principal affichait les dernières mesures séquentielles relatives au corps céleste BHWR035. Il s'agissait d'un probable trou noir distant de plus de 195 parsecs ! Chaque fois qu'il pensait à ce chiffre astronomiquement astronomique, un agréable frisson parcourait sa colonne vertébrale. Un peu calmé, il oublia un instant ses lèvres en feu et fit le tour de la salle. Tous les appareils ronronnaient et chaque petite lumière clignotait comme il se doit : tout était parfaitement normal.

Puis jetant un regard à son café, il se dit qu'une petite sucrerie serait parfaite pour l'accompagner. Il se dirigea sans tarder vers la porte pour rejoindre le distributeur situé dans le couloir. Mais, la main sur la poignée, il stoppa net :

« Non Swann, ce n'est pas professionnel ! Tu ne peux pas abandonner ton poste, enfin ! Allons ! »

Mais l'activation de son hypothalamus et une bonne dose de dopamine se chargèrent d'assouplir son sens du devoir…

Il ouvrit donc la porte et fila prestement jusqu'à la machine. Campé devant la vitre, il inspecta avec minutie chacune des pâtisseries pour finalement hésiter entre un bagel et une sorte de Strudel. Mais après de longues minutes, il ne parvint pas à départager les deux finalistes. C'est alors que fièrement, il fit preuve d'esprit de décision selon lui et choisit le bagel ainsi que le Strudel.

Son butin entre les mains, il se sentit suffisamment en confiance pour rejoindre son bureau au pas de course. Ayant décidé que son pied droit initierait l'accomplissement de cet exploit, il s'élança !

Mais au même moment, une alarme retentit !

Affolé et déconcentré, il ne put exécuter la course avec la perfection voulue. C'est donc en trottant qu'il réintégra son poste de travail. Là, tous les écrans affichaient les mêmes lettres :

Corps d'origine inconnue en approche
Risque de collision imminente :
Alerte de niveau 1

Swann relut le message sur plusieurs écrans :

« Origine inconnue... C'est quoi cette blague ?!»

Avant même le déclenchement automatique, il actionna la procédure d'alerte pour toutes les équipes de recherche encore présentes. Intrigué, il lança également une mesure pour tenter d'identifier le type et la nature des « corps d'origine inconnue » qui menaçaient de frapper.

Le protocole d'urgence voulait qu'il descende également se réfugier dans l'un des abris, mais il ne put s'y résoudre.

Il n'était pas inquiet, ce type d'alerte arrivait au moins deux fois par an, les corps étaient le plus souvent mineurs ou passaient à confortable distance.

Il attrapa son café et son Strudel et se campa devant la fenêtre ; peut-être apercevrait-il quelque chose. Il gonfla sa poitrine, car en cet instant, il était ni plus ni moins que le capitaine d'un vaisseau resté seul à bord pour affronter le danger...

En mordant dans le gâteau, il se fit la réflexion, qu'assez curieusement, il ne profitait que rarement de cette vue pourtant magnifique. Le ciel obscur et infini contrastant avec la surface poudreuse de la lune... Il se rappela amusé le célèbre poème de « Thomas Manosi, Manosa... ? » Il respira profondément puis récita à haute voix :

« Astre immaculé dans la noirceur de…

Astre immaculé dans… Merde ! C'est quoi déjà ?

Dans la noirceur de… C'est pas vrai !

Ô astre immaculé dans la noirceur de … »

Il pesta un moment et laissa finalement tomber pour se concentrer à nouveau sur la vue. Un peu en contrebas, le complexe de la base alpha et son fameux centre de recherche devait être vide à présent.

Satisfait du haut de sa tour, Il arrosa sa bouchée d'une première et ample gorgée tout en scrutant la ligne d'horizon. Il se fit la remarque :

« Tiens, la Terre n'est pas encore levée ?! »

Mais soudain, il n'en revint pas ! Deux points lumineux apparurent dans le ciel et se déplaçaient à une vitesse fulgurante !

Il manqua avaler de travers et toussa douloureusement. Les yeux écarquillés il vit les deux points s'allonger en deux longues traînées blanchâtres. Presque aussitôt le sol se mit à trembler. Instinctivement, il s'aplatit au sol.

« Ouah… C'est du délire ! » Il releva la tête lentement et jeta un œil dans la salle. Il ne constata aucun dégât apparent, seule sa main trempait dans une mare de café. Il se redressa et réalisa que sa tenue était tâchée. Aucune trace de sa tasse, elle avait dû rebondir il ne sait où. Lorsqu'il regarda à nouveau par la fenêtre, il resta bouche bée, en lieu et place de la base alpha il ne vit plus que deux petits cratères, parfaitement nets.

5

Gabriel ouvrit la porte de son appartement l'esprit lourd. L'accueil de Whisky dissipa à peine ses inquiétudes. Il était encore profondément bouleversé. Yvan était injoignable et lui-même n'avait pas reçu le moindre message depuis l'évacuation du siège de DNA Corp. Il ressentit soudain le besoin vital de se changer les idées. Il enfila rapidement une tenue plus légère et attrapa son sac pour n'y mettre qu'un peu d'eau.

Son chien le regardait les oreilles dressées et attendait confirmation :

« Whisky ! Pro-me-ner FO-RÊT ? »

Ce dernier entama une série de bons et tournoya de manière hystérique jusque dans le couloir. Il ne s'interrompit qu'en apercevant son image dans le large miroir qui faisait face à l'ascenseur. Ce moment amusait toujours Gabriel, son chien tentait de refouler cette vision qui dépassait son entendement. « C'est moi et ce n'est pas moi, puisque je suis moi », voilà un problème que son esprit canin ne parvenait pas à décortiquer. La seule échappatoire pour sa tranquillité d'esprit était « je n'ai rien vu ». L'ascenseur arriva enfin. Une femme en sortit et stoppa net, les yeux baissés. Elle hésita un instant, puis poursuivit sa route, sans un mot, en bousculant légèrement Gabriel au passage. « Enchanté également ! » lança t-il sans réponse, mais déjà Whisky l'appelait du fond de l'ascenseur en se tortillant d'impatience.

Gabriel prit les commandes de sa navette et survola bientôt les immenses tours de la mégapole. Après quelques minutes, une colonne de fumée attira son attention. Il enclencha aussitôt le pilote automatique et, presque à l'aplomb, découvrit une structure calcinée. La police quadrillait la zone alors que les secours restaient impassibles, il n'y avait plus rien à faire... Gabriel détourna les yeux et reprit son vol.

« Bon allez, place à la sérénité, cap sur les terres « sauvages », hein le chien ! » Whisky acquiesça du regard, la langue pendante.

La navette survola un instant les sommets moutonneux vert sombre, visibles à l'infini et se posa. Gabriel ouvrit enfin la porte. Son chien bondit hors du véhicule et disparut dans les fougères, sans doute déjà enivré par les odeurs « sauvages » et partit à la recherche d'une piste hypothétique.

La forêt, bien qu'artificielle, offrit son intense sérénité, ses mystérieuses réponses. Gabriel y pénétrait comme certains à l'église. Son regard changea, plongea au plus profond de lui puis fusa au cœur de la végétation, inconsciemment et comme depuis toujours, une certaine compréhension intuitive prit le relais de son cortex, siège de la raison raisonnante tout comme de la déraison.

Dans cette forêt les arbres étaient un peu trop bien alignés. Elle n'avait plus que le triste charme d'un théâtre sans acteur, mais elle était belle malgré tout. Tout cet espace de verdure était en effet parfaitement vide et ne contenait plus aucune espèce animale. Les dernières tentatives de réintroduction avaient cessé il y a plus d'un siècle.

Il entendit son chien aboyer au loin…

Gabriel partit à sa recherche.

A son retour, son terminal annonçait une communication, Gabriel se précipita et aperçut Sylvia en proie à une profonde détresse.

- Gabriel enfin !

- Qu'est-ce qui se passe Sylvia … ?

- Gabriel, c'est terrible ! La navette s'est écrasée

- Quoi ? Quelle navette ? De quoi tu parles ?

-… La navette d'Yvan, Tras et Marcus, il n'y a aucun survivant !

- C'est pas vrai, merde… ! Je…je crois que je suis passé au dessus tout à l'heure… !

- Mon dieu… ! La femme de Marcus m'a appelée, elle est effondrée… !

- Mais c'est impossible ! Impossible ! Une navette ne peut pas s'écraser ! En cas de panne… le poste de pilotage fait appel aux bornes antigravitationnelles externes… Non ?

- Oui, je sais, c'est pourquoi la police pense à un sabotage qui aurait détruit le terminal de bord

- C'est aberrant ! Qui… ? Pourquoi… ?

- Mais qu'est-ce qui ce passe Gabriel, qu'est-ce qu'ils veulent ces malades ! Pourquoi eux ?

- …

- La police reçoit demain les familles, Gabriel je file, je vais voir la femme de Marcus, elle est seule.

- Oui, merci Sylvia …

Gabriel se laissa tomber sur le lit, il était effondré. Il resta là les yeux fixés sur le plafond. Il regarda un instant par la fenêtre. Il espérait y voir un ciel gris, un terrible orage, un signe que la vie s'était arrêtée ! Mais rien de tout cela, le Soleil se couchait paisiblement.

La voix de Sylvia résonnait encore dans sa tête « La navette d'Yvan, Tras et Marcus, il n'y a aucun survivant ! » Ce n'était que des mots dont il finit par douter tant il les jugeait insupportables.

Whisky qui semblait également perturbé, gémissait et tournait en rond.

Mais de nouveau le terminal signala un appel, un visage inconnu apparut, le visage marqué…

- Ah enfin, vous êtes là, je ne parvenais pas à vous joindre… Je suis Swann, un ami d'Yvan.

- Oui, il m'a parlé de vous… Répondit Gabriel méfiant.

- Je dois absolument vous rencontrer, je crois que ma vie est en danger après ce qui est arrivé à Yvan…

- Comment... Comment savez-vous… ?!

- Peu importe, je n'ai pas le temps de vous expliquer, pouvez-vous être demain à seize heures devant l'auditorium Malvius… ? Je vous en prie, je dois absolument vous parler ! Sans attendre sa réponse, il raccrocha.

Lentement la nuit s'installa, Gabriel était las, tout son corps semblait en veille. Il n'avait pas faim, ni soif, pas plus qu'il n'avait sommeil… A cet instant il ne voulait qu'une chose, parler à Léna. Elle devait être rentrée du boulot à cette heure, il pensait même aller la voir.

Ce n'est qu'après de longues minutes qu'il réalisa que Whisky, lui, tournait en rond et semblait sans cesse de plus en plus agité.

Finalement excédé, Gabriel lui cria :

« Whisky ! Calme-toi ! »

Ce dernier continuait malgré tout à flairer bruyamment et sans tenir compte de l'ordre de son maître fit ronfler sa gorge dans un grognement sourd et constant. Gabriel allait le houspiller une nouvelle fois, mais ce comportement l'intrigua. Il se releva et découvrit son chien la tête basse, le corps tendu, marquant une attirance craintive vers une vieille commode en véritable bois comme aimait à le rappeler son propriétaire.

« T'as pas fini Whisky ! Ce n'est pas le moment de jouer ! »

Pour seule réponse Whisky lui adressa un regard chargé de sens, un regard qui transcende la barrière des espèces et qui, dans un langage universel, alerte du danger. Gabriel sauta du lit et s'approcha de la commode, lentement, et finalement s'accroupit près de son chien pour lui frotter la tête.

« Qu'est-ce que tu m'as encore déniché toi ! Quelqu'un s'est caché la dedans, hein ? »

Comme pour se rassurer Gabriel prit le ton du jeu, sans doute pour ne pas s'avouer qu'une certaine angoisse montait en lui, inexorablement. Gabriel regarda sous le meuble puis avança les mains, ouvrit un à un chacun des tiroirs, inspecta les piles de linge de l'un, les livres de l'autre. Le troisième et dernier tiroir ne contenait qu'un bric-à-brac d'objets divers et hétéroclites mais aucun monstre terrifiant. Il ne remarqua rien de particulier.

« Nada ! Idiot, tu m'as foutu la trouille ! »

Gabriel s'apprêtait à refermer le tiroir lorsque soudain, son regard fut attiré par une forme étrange. Il aperçut en effet un petit cylindre d'aspect métallique d'une dizaine de centimètres de long et de trois ou quatre de large.

S'approchant davantage, Gabriel perçut comme un léger sifflement électrique. Sans le déplacer, il le fit tourner sur lui-même et aperçut bientôt les battements réguliers d'une diode couleur rouge rubis. Il reconnut formellement la fonction létale d'une grenade à plasma. De quoi le réduire lui et Whisky à l'état de vapeur organique tout en prenant soin de ne pas réveiller les voisins. Son cœur s'arrêta net, son sang se glaça presque instantanément. Son visage se mit à bouillonner, ses oreilles à siffler bruyamment. A cet instant, plus aucun influx nerveux ne circulait en lui : il était paralysé. Soudain Whisky aboya, appelant son maître à réagir. Alors peu à peu, Gabriel refit surface. Luttant avec peine contre une sensation de vertige, il réussit à se redresser et, titubant, parvint à atteindre la porte. L'instinct et la raison, pour une fois en accord, intimaient l'ordre de fuir, au plus vite ! Il se précipita dans l'entrée et claqua la porte comme pour s'isoler de cet espace devenu synonyme de mort. Il aurait voulu fuir au loin, mais ses jambes ne parvenaient plus à le soutenir. Il s'adossa au mur et se laissa tomber. Il resta là, immobile, la tête entre les mains, fixant Whisky avec des yeux hagards et l'esprit vide comme pour échapper à la réalité.

Soudain une légère déflagration métallique fit sursauter Gabriel. L'onde de désintégration organique parcourut chaque espace de l'appartement à plusieurs reprises. Une dernière fois, il adressa un regard vers la porte d'entrée de son appartement qui, à quelques minutes près, avait failli se transformer en chambre mortuaire.

6

Gabriel ne rejoignit pas sa navette, il emprunta une passerelle et se précipita sur le toit de la tour voisine. La nuit était sombre et étoilée, le vent soufflait par rafales. Gabriel en apprécia malgré tout l'effet, comme celui produit par un ami qui vous secoue les épaules, vous gifle, pour tenter de vous faire reprendre vos esprits. Après quelques minutes, il se décida à appeler un taxi. En attendant, il devait prévenir les forces de l'ordre :

« Police, centre du secteur 21, je vous écoute...

- ... Bonjour... Je voudrais signaler une explosion au 137 av Anton Seleca appartement 7B...

- ...Bien Monsieur, veuillez décliner vos... »

Gabriel raccrocha ! Il n'était pas prêt à se rendre à la police, à les convaincre qu'il n'était pas fou et effectivement en danger... A cet instant, il sentait comme un terrible vide en lui, plus rien ne fonctionnait dans sa tête. Il tenta néanmoins de faire le point. Mais pour le moment, il avait cruellement besoin d'une présence humaine, mais une présence lointaine et anonyme. Il voulait voir du monde, s'assurer qu'il était toujours bien vivant et faisait bien encore partie de ce monde. Un monde qui pourtant semblait vouloir le rejeter.

L'arrivée du véhicule le ramena à la réalité. Une navette style rétro tournoya un instant au dessus de sa tête en offrant un véritable spectacle son et lumière.

« Merde ! C'est quoi ce bordel, j'emmène pas ma copine au bal de fin d'année ! »

Dès qu'elle fut posée, Gabriel s'engouffra dans la navette et sans attendre activa le mode « furtif ». Aussitôt le calme revint et la nuit reprit ses droits. A cet instant, il regrettait le temps où l'on pouvait engueuler le chauffeur ! Au lieu de cela il respira profondément… Bientôt une voix très douce lui demanda :

« Votre destination monsieur ?

- Quartier de la Coupole ! »

Le taxi décolla dans un silence absolu.

Au bout de quelques secondes la voix déclara :

« Monsieur, je détecte un niveau de stress et un état colérique significatif, la compagnie souhaite vous servir au mieux, dois-je contacter…

- Silence ! Coupa Gabriel avant de fermer les paupières.

Après cinq minutes de calme absolu, la voix hasarda presque timidement :

« Monsieur, nous arrivons, puis-je vous déposer à un endroit précis ? »

Gabriel, émergea lentement d'un pseudo-sommeil. Il réfléchit un instant avant de répondre :

« Trouvez-moi un bar select mais discret et peu fréquenté…

- Bien Monsieur ! Je vous dépose devant le « Catharsis »

- Soit !

Whisky fut le premier à sauter hors de la navette. Il arpenta aussitôt le trottoir en reniflant nerveusement. Il ne rêvait pas, il était bien en Terra Incognita ! Quant à Gabriel, il se positionna devant la porte et attendit. Mais il aperçut bientôt une petite pancarte qui indiquait : « Poussez ! » Il chercha un bouton mais il finit par comprendre… Retro à souhait ! pensa Gabriel. Il inspecta l'intérieur… C'était parfait ! Des lumières discrètes et tout au plus une dizaine de personnes. Il passa devant le bar et commanda aussitôt un Islay. Whisky finit par arriver en échappant à tous les regards. Son maître choisit une table le plus à l'écart possible et se mit à l'aise autant que les circonstances le permettaient. Sa respiration était à présent moins haletante et son cœur ne semblait plus vouloir sortir de sa poitrine, mais dans le halo de lumière qui éclairait sa table, ses mains tremblantes trahissaient encore les événements de la journée. Et son regard… Il ne parvenait plus à fixer quoi que ce soit : il transfigurait cette réalité pour sombrer immanquablement dans le vide. Quant à son esprit, il était pareil à une nébuleuse, vague, diffuse et irréelle, dans laquelle de multiples questions fusaient sans jamais interférer avec la substance qui la composait. Gabriel secoua la tête et tenta de se concentrer. Alors, lentement, comme par un effet gravitationnel, cette substance vaporeuse se regroupa çà et là ; bientôt, les premières pensées se matérialisèrent :

« C'est de la folie ! Et cette grenade… militaire ! C'était pas de l'artisanat de terroriste ça ! J'en suis sûr… Quelqu'un l'a placée pendant que je traînais en forêt, cette femme… ? Mais comment pouvaient-ils savoir quand l'activer, même à distance… ? On avait dû me faire surveiller… »

Mais soudain Gabriel se rappela l'appel reçu de ce soi-disant Swann… :

« Y avait pas mieux pour s'assurer que j'étais là… Etait-ce vraiment Swann ce type ? Après tout, je ne le connais ni d'Eve ni d'Adam... Mais alors, pourquoi la grenade n'a pas explosé immédiatement après... ? Et ce rendez-vous, c'est un piège, c'est sûr ! Swann bosse sur une station lunaire et demain on est censé se faire une bouffe ! Demain je contacte les flics et on lui tombe dessus ! »

Mais chaque chose en son temps : se réconforter en sirotant un bon verre d'alcool devint un besoin vital ; Gabriel rejoignit alors un instant le monde réel :

« que fait le serveur ? » Levant les yeux, Gabriel le vit approcher.

- Monsieur... votre Whisky. »

Il le remercia et calma son chien qui s'était redressé. Gabriel saisit aussitôt le verre qui semblait en cristal. Une bonne gorgée le secoua de façon salutaire. Il soupira d'aise en percevant enfin les premiers battements réguliers de son cœur. Quelques personnes l'observaient, il avait dû parler tout haut. Il s'en fichait. Dans quelques minutes il irait chez Léna... Whisky était de nouveau couché à ses pieds, tous deux avaient à peu près retrouvé leur calme. Une douce image apparut dans son esprit : « Léna... »

Il devait l'appeler, il avait besoin de se confier autant qu'il avait besoin d'entendre sa voix. Gabriel allait activer la connexion lorsque soudain son esprit se brouilla, presque violemment. Sa tête se mit à tourner et à lui faire mal, comme une sale migraine. Il était peut-être déshydraté, il but un peu d'eau que le serveur lui avait également apporté. Cela ne passa pas, bien au contraire ! Il grimaça et ferma les yeux. Bientôt, comme sous hypnose, il quitta ce monde.

Lorsque son regard réintégra la réalité, ce qu'il vit l'envoûta instantanément. C'était irréel et proche du rêve :

une femme approchait de lui, très lentement, comme marchant au ralenti...

Gabriel fut immédiatement frappé par sa démarche féline et sa troublante assurance. Mais ce n'était pas tout, elle le fixait étrangement et si intensément qu'elle fit littéralement et instantanément voler en éclats cette barrière irréelle qui d'ordinaire sépare les inconnus et préserve l'intimité.

Elle était belle, très belle même ; elle avait quelque chose de Léna et de Sylvia. Gabriel devait se l'avouer, il était intimidé, subjugué !

Elle portait une veste de plastic polarisé iridescente sur une ample combinaison rouge sombre merveilleusement satinée. A son cou pendait un lourd collier qui semblait fait d'or pur. Ses bras, ses poignets étaient également enlacés par l'étrange métal précieux.

Plus elle approchait et plus il sentait la paralysie le gagner. Il était médusé, privé de toute réaction. Son esprit même était comme pétrifié. Le rôle de chacun était évident : il était *proie*, elle était *prédateur*...

Mais Gabriel était calme, il se surprit même à fixer, comme fasciné, la couleur chaude et cuivrée de son rouge à lèvres.

Lentement un sourire apparut sur le visage de la femme, mais un sourire qui n'avait rien de bienveillant... Arrivée à sa table, elle se pencha lentement, sa veste devint peu à peu transparente et dévoila soudain des petits seins magnifiques et merveilleux.

Comme si elle avait lu ses pensées et deviné son trouble, la femme sourit davantage encore. Ses lèvres s'animèrent, lentement. Gabriel fixa cette bouche pulpeuse et délicate qui maintenant articulait des mots, mais des mots silencieux !

Aucun son ne lui parvint en effet, c'était comme si elle parlait au travers d'une épaisse paroi invisible. Gabriel se concentra et perçut bientôt les premiers sons, les premiers mots... Mais sa voix restait lointaine, comme attachée à l'univers étrange dont semblait venir cette créature... Il se concentra plus encore... Elle lui parlait tendrement mais avec des mots étranges, des mots compliqués, doux et colorés, mystérieux, comme issus d'un dialecte ancien et oublié de tous.

Jugé profane au regard de ces mots et de cette langue, Gabriel sectionna le lien du langage et activa inconsciemment celui des sens.

Comme un animal qui vous renifle et vous devine, Gabriel scruta la troublante inconnue. Plus d'une fois il surprit son regard, un regard d'une incroyable intensité, un regard profond et divin qui transperce avec délice le fond de l'âme. Ses yeux étaient pareils à deux aigues-marines assombries par des reflets tantôt carmins, tantôt mordorés. Ses pupilles larges et noires tenaient de l'animalité.

Parfois ses bras ondoyaient avec une grâce merveilleuse comme pour s'accorder à la douce mélodie de sa voix. Parfois, elle riait aux éclats et passait dans sa lourde chevelure une main entièrement recouverte d'or. Gabriel s'aperçut bientôt que cette fine pellicule métallique s'étendait à même la peau, jusqu'à la naissance de l'épaule.

Devant cette apparition toujours plus irréelle, le visage de Gabriel restait figer dans une expression de fascination et de trouble absolu. Parfois le vertige le saisissait plus intensément ; il luttait alors, presque furieusement. Mais malgré ses efforts, il ne parvenait plus à garder les idées claires. Son esprit s'opacifiait.

Lentement il sombrait dans une sombre et étrange torpeur.

Ignorant son trouble, la mystérieuse femme l'enveloppait, l'enlaçait toujours plus par ses mots, par son regard.

Mais subitement Gabriel s'alarma ! Peu à peu un sentiment qu'il avait refoulé jusqu'à présent s'imposa à lui : elle ne lui parlait pas ! Elle semblait bien plus réciter un texte, une prière ou une incantation... Lui jetait-elle un quelconque sortilège... ?

Comme pour lui donner raison, le ton de sa voix s'assombrit lentement et prit bientôt celui de la plainte puis de la peur.

Soudain elle apposa ses mains au sommet de son crâne. Gabriel en ressentit instantanément un malaise effroyable : un froid glacial envahit tout son être. Et alors que la vie était aspirée hors de lui, il n'eut plus que cette voix étrange comme dernier repère, comme dernière aspérité à laquelle se raccrocher pour ne pas sombrer.

Mais bientôt, cet ultime et dernier lien à la vie s'estompa : la voix devint de plus en plus faible comme sombrant dans les profondeurs d'un océan abyssal. Gabriel allait s'abandonner, peu à peu il lâchait prise.

Mais après un court instant et contre toute attente, la femme relâcha son étreinte, avec rage ! Elle regardait maintenant ses mains comme terrifiée et implorante. Leur parlait-elle... ?

La femme gémissait, suppliait, en vain. Sans plus aucun contrôle, les mains glissèrent lentement le long de sa gorge gracile, puis, du bout des doigts, effleurèrent, caressèrent le collier somptueusement ouvragé comme pour en apprécier les détails les plus complexes. Brusquement, une main l'agrippa. Et comme à nouveau maîtresse de son corps, la femme l'arracha violemment telle une furieuse et impétueuse amazone.

Un instant, elle se figea et posa un terrible regard sur Gabriel... Soudain elle rit aux éclats puis se laissa comme emporter par un lourd état de transe. La colère enflammait à présent son regard et agitait tout son corps : elle tapait du pied, hurlait, levait les bras au ciel.

Soudain, ses mains frappèrent la table. Le collier, emporté par son geste, claqua bruyamment sur la pierre synthétique.

Totalement désorienté, Gabriel sursauta et abaissa aussitôt les yeux sur le lourd segment d'or ciselé. Et alors qu'il le contemplait, le collier se mit à onduler, lentement.

Avait-il une hallucination... ? Car il vit bientôt le métal entamer une étrange métamorphose : l'or se liquéfia sous ses yeux et prit peu à peu la forme d'un petit animal. Une queue puis des pattes apparurent... Gabriel y reconnut bientôt les traits d'une salamandre toute d'or vêtue. Mais peu à peu, son corps se transmua et devint d'un noir humide parsemé de taches jaunes et étincelantes.

Effaré, Gabriel leva un instant les yeux vers la salle, comme pour retrouver prise dans la réalité. Mais il ne vit qu'une pièce vide noyée dans la pénombre.

La femme glissait peu à peu dans un autre monde et semblait maintenant lutter contre de dangereuses et invisibles forces maléfiques.

Gabriel posa à nouveau son regard sur l'animal, les taches devinrent de plus en plus brillantes puis incandescentes. Bientôt tout son corps s'embrasa. De petits yeux apparurent et le fixèrent. La salamandre née de l'or ouvrit alors sa gueule et d'une petite voix rauque gémit :

« Ku ! Ku no ku ! Ku no ku !* »

Ses yeux fiévreux posés sur le mystérieux animal, Gabriel était à nouveau fasciné, hypnotisé. Son message restait invariablement le même, pareil à une litanie envoûtante.

Brutalement la peur l'envahit avec la certitude que son esprit le fuyait. Alors, peut-être mû par une intuition lui laissant entrevoir un danger, il prit inconsciemment, instinctivement, la résolution de rompre ce lien psychique contre nature.

De nouveau, il fallait fuir. Mais son corps, encore paralysé, se refusa à toute sollicitation nerveuse, seul son cœur s'accéléra douloureusement. Il lutta un instant contre un nouveau vertige, en vain.

Etrangement, dans un dernier effort, sa conscience perçut comme une violente et lourde odeur florale, peut être du jasmin.

Aussitôt après, il s'effondra et perdit connaissance.

_____

(* se prononce Kou no Kou, NdT)

7

Le capitaine Jean B. Cellini pénétra dans la pièce et adressa quelques mots à l'oreille du chef de la sécurité Wallace Bishop, puis s'assit simplement à l'écart. Cet élégant officier, issu de la noblesse comme semblait l'attester une chevalière en nicolo passablement usée, avait fait ses classes dans l'armée de l'air et occupait, depuis peu, un poste d'agent spécial des services secrets. Le lieutenant Bishop quant à lui offrait l'image d'un rondouillard quinquagénaire manifestement mal à l'aise dans ce tout nouveau rôle de chargé de communication. Il adressa ces quelques mots au groupe de familles et amis des victimes :

« Mesdames et messieurs, je tenais à vous remercier pour votre collaboration. Vos témoignages nous seront sans aucun doute d'une aide précieuse, à moi-même, ainsi qu'au capitaine Cellini ici présent et directement chargé de l'affaire concernant cet accident. Bien entendu nous ne manquerons pas de vous tenir informés de l'avancement de l'enquête…

- Bla, bla bla et rebla ! Pensa nerveusement Sylvia. »

Elle était préoccupée, Gabriel n'était pas venu et elle n'avait pas réussi à le joindre. Quant à la femme de Marcus, bien trop effondrée, elle n'avait pas trouvé la force de se déplacer.

Finalement, après son exposé bien maladroit, le lieutenant Bishop raccompagna les familles. Sylvia s'écarta et en profita pour prendre le capitaine à part :

« Dites, sauf votre respect, c'est quoi ces foutaises ! Oublié le sabotage ! Le crash de la navette serait dû à une simple défaillance de l'ordinateur de bord ! Je suis ingénieur en Cybernétique, pas diplômé en cuisine orientale ! Vous ne me ferez pas avaler ça ! »

Le capitaine la fixa un instant de ses yeux gris et presque froids puis déclara :

« Madame Sylvia Nobilis, c'est bien cela... ?

- Euh...Mademoiselle ! Précisa Sylvia un peu troublée mais cherchant manifestement à le cacher.

- Bien, mademoiselle Nobilis, vous comprendrez que de multiples pistes s'offrent encore à nous et qu'en l'absence de certitude nous préférons présenter la thèse la moins alarmiste aux familles. Mais comme vous l'a dit le lieutenant Bishop, nous vous tiendrons informés. J'ai par ailleurs vos coordonnées et me ferai un devoir, que dis-je, un plaisir de vous contacter personnellement.

- Faites donc capitaine, faites ! Lança Sylvia en tournant le dos à l'officier pour rejoindre la sortie.

Sylvia avait capitulé, non par les arguments du capitaine mais parce qu'elle n'était pas insensible aux troublants charmes de ce dernier. Et si pour certains une telle rencontre est un ravissement qui donne des ailes, pour d'autres en revanche, ce doux moment se transforme en véritable supplice. Untel piquera un fard, un autre se mettra à copieusement bafouiller. Sylvia elle, donnait immanquablement le spectacle de qui voit ses facultés intellectuelles sensiblement perturbées. Et de cela, elle ne voulait aucun témoin !

Le capitaine Cellini, l'esprit plus terre à terre, la suivit au dehors puis, songeur, la regarda s'éloigner. Finalement, il adressa un signe imperceptible à l'un de ses agents. Ce dernier se raidit comme au garde à vous et partit sur les traces de la belle rousse.

Dans la rue, le capitaine alluma une cigarette et prit une première bouffée, l'esprit préoccupé. Toute cette affaire manquait cruellement de piste sérieuse. Bien sûr que le groupe Stella n'y était pour rien, il avait affaire à un groupe non identifié qui possédaient des moyens démesurés !

Soudain il n'en crut pas ses yeux, l'agent qu'il venait d'envoyer en mission de surveillance revenait vers lui !

« Qu'est-ce vous foutez ?! Où est-elle passée ?

- Elle m'a semé capitaine…

- Quoi ?! Et merde ! Qu'est-ce que vous avez foutu ? Et pourquoi vous n'êtes pas entrain de la chercher ? »

L'agent prostré retrouva un semblant de vie et, après un salut au capitaine, partit en chasse.

L'officier crut bon d'ajouter avec le plus grand sérieux :

« Et ne revenez pas sans l'avoir trouvée ! »

Sylvia jeta un œil satisfait à travers la vitrine du magasin où elle avait trouvé refuge. Elle n'était pas peu fière d'avoir déjoué les plans du capitaine en ayant semé son petit chien de garde. Elle l'avait immédiatement repéré !

« Quel lourdaud celui là ! Ne connaît-il rien aux femmes ?! » De plus, elle était bien assez grande et manifestement assez maligne pour se défendre toute seule !

Son petit triomphe consommé, Sylvia pouvait à présent sortir. Mais, encore perdue dans ses pensées, elle manqua de bousculer une femme sur le point d'entrer. S'en suivit un bref échange d'amabilités tel qu'il en existe d'innombrables entre deux inconnus.

Pourtant cette rencontre n'avait rien d'un hasard. Tout comme Sylvia, la femme ne manifestait aucun intérêt pour les articles du magasin. Elle patienta un instant à l'intérieur puis ressortit prestement. Elle prit alors aussitôt à droite comme pour rejoindre la grand place. La femme marchait lentement sans jamais prêter attention à aucune vitrine.

A une quinzaine de mètres devant elle, Sylvia flânait d'un pas léger.

8

Gabriel Primae ouvrit les yeux. Il se trouvait alité et sa tête semblait prête à éclater. Lorsqu'il tenta de se redresser, des mains l'empoignèrent vigoureusement.

« Ne bougez pas ! Restez tranquille ! lui dit sans ménagement une voix féminine.

- Aïe ma tête ! Où suis-je ? Que me voulez-vous ?

- Calmez-vous ! Cela ne sera plus très long.

- Mais je…je vous reconnais ! Vous êtes la femme qui m'avez bousculé l'autre soir quand…Meurtrière !

A cet instant, quelqu'un entra dans la pièce : un homme d'une trentaine d'année et la chevelure poivre et sel approcha.

- Allons, allons Monsieur Primae, l'agent Val Gardner a certes quelques défauts mais tout de même ! Elle n'y est pour rien croyez-moi, elle était en réalité chargée de votre sécurité…

Puis, adressant un regard à la jeune femme :

« Agent Gardner, laissez-nous je vous prie. »

Après un bref instant le capitaine reprit :

« Vous nous avez causés pas mal de difficultés, vous savez Monsieur Primae… Mais laissez-moi me présenter :

Agent Cellini, services secrets, précisa laconiquement l'officier. Je suis chargé d'enquêter sur la destruction des bases alpha et votre cas semble des plus intéressants… Je tenais tout particulièrement à m'entretenir avec vous… »

Le capitaine marqua une pause, il cherchait ses mots tout comme la façon de mener cet interrogatoire. Il étudia un instant Gabriel, puis ajouta :

« Les témoins de votre « malaise » vous ont décrit comme sous l'emprise d'un stupéfiant … qu'avez-vous pris… ?

- Quoi ? Si j'ai pris de la drogue ? Mais non, absolument rien, je vous assure !

- Sujet à des épisodes psychotiques ?

- Non c'est la première fois… Enfin, je crois…

- Hum… Un médecin va vous ausculter. Au fait, votre appartement a été sécurisé, vous n'avez plus rien à craindre, du moins pour le moment… Et ne vous inquiétez pas pour votre animal, il est à côté. Je suis désolé de vous bousculer ainsi mais le temps presse… Je dois impérativement vous interroger sur les derniers événements, aussi, venons-en au fait : vous êtes ingénieur chez DNA Corp, sur quoi travaillez-vous exactement ?

- J'effectue des recherches en biotechnologie cybernétique.

- Plus précisément ?

- Je travaille principalement sur le moyen de tirer de l'énergie à partir d'une certaine souche de bactéries, comme le font nos mitochondries. Cette énergie est destinée aux robots.

- hum… passionnant, et sinon vous voyez la moindre chose qui puisse relier les différentes victimes ?

- non aucune.

- Vous n'avez pas d'explication à tout ça ?

- Quoi à tout ça ? Au fait que plusieurs de mes amis soient morts et qu'on ait voulu me réduire en bouillie… ? A vrai dire c'est plutôt de votre part que j'attendais des réponses ! Capitaine !

- Je comprends.

- Tout ce que je sais c'est qu'un ami d'Yvan Pernel, une des victimes de la navette, m'a fixé un rendez-vous cet après-midi mais c'est sans doute un piège, enfin je n'en sais rien.

- A quel propos ?

- Je ne sais pas au juste, ce Swann paraissait craindre pour sa vie, je crois qu'Yvan avait aussi parlé de documents… Je ne sais plus.

- Qui en dehors de vous et de votre ami était au courant pour cette histoire ?

- Yvan en a parlé dans un café.

- Etaient présents notamment Marcus, Tras, Sylvia, Andréa, Urni, Yvan et vous, c'est bien ça ?

- Entre autres oui, mais quoi, vous pensez que c'est la cause de tous ces accidents et de cette foutue bombe ? Ca ne tient pas debout, les autres sont sains et saufs, non… ? Ajouta Gabriel maintenant inquiet.

- Seuls vous et Sylvia l'êtes, vos collègues Andréa et Urni ont été retrouvés morts, ils se seraient suicidés. Rassurez-vous, Sylvia est maintenant sous notre protection.

- Mais c'est aberrant, personne n'a vraiment fait attention aux propos d'Yvan, tout le monde les aurait oubliés quelques minutes après ! Nous éliminer c'était attirer l'attention de la police, ça n'a pas de sens !

- Sauf si les personnes concernées tenaient à ne prendre aucun risque. Quoi qu'il en soit, les actions humaines ne s'inspirent que rarement de la raison, croyez en mon expérience ! Une dernière chose, simple question de formalité : vous êtes le fils de Hadrien Primae, c'est bien ça ?

- Oui, pourquoi cette question ?

- Je vous l'ai dit, simple formalité. Bien, veuillez m'excuser un instant.

Le capitaine sortit et rejoignit l'agent Gardner ainsi que son supérieur hiérarchique, le directeur de la sécurité intérieur Helena Gudmundsdottir. Toutes deux observait Gabriel au travers d'une glace sans tain.

- Madame, vous avez tout entendu, il semble ne rien savoir, doit-on l'informer ?

- Non ! Surtout pas ! Mieux vaut qu'il ne sache rien, du moins pour le moment.

- A vos ordres Madame. Puis-je continuer l'interrogatoire ?

- Oui, poursuivez. Agent Gardner, Monsieur Primae ira à ce rendez-vous, prenez toutes les dispositions, je ne veux prendre aucun risque, est-ce clair ?

- Oui Madame, parfaitement clair.

- Agent Cellini, un instant ! Ne sous-estimez pas le rôle de Primae, j'ai le sentiment qu'il est la clef de tout ce bazar. Je vous en reparlerai. Pour le moment poursuivez.

- A vos ordres Madame.

- Et puis cessez avec vos « A vos ordres » je n'ai rien d'un général et vous n'êtes plus dans l'armée.

- Bien Madame.

9

Seize heures moins cinq. Pour la vingtième fois, Gabriel regarda nerveusement sa montre. L'heure du rendez-vous approchait et pas la moindre trace du mystérieux Swann. Gabriel marchait un peu au hasard et tentait de réprimer une angoisse qui montait en lui, inexorablement, au point de l'étouffer. Il ne savait ni comment ni pourquoi mais il le sentait, sa vie allait probablement se jouer dans les prochaines minutes, les prochaines secondes... Pourtant extérieurement, Gabriel ressemblait à la plupart des touristes et tout comme eux, semblait absorbé par la contemplation de l'architecture désuète de l'auditorium Malvius. C'était un vieux bâtiment chargé d'histoire du dernier millénaire. Les plus grands compositeurs s'y étaient produits et y avaient transmis leur savoir. De nos jours, ce n'était plus qu'un vaste musée désert et poussiéreux. Soudain l'horloge mécanique de l'auditorium sonna seize heures. Cette attraction recherchée suscita l'effet attendu : une vive réaction saisit la foule. Mais Gabriel reçut le premier coup de cloche comme un électrochoc et sursauta. Aussitôt il jeta de tous côtés un regard chargé d'inquiétude. Le capitaine Cellini ne se trouvait pourtant qu'à quelques mètres, assis sur un banc et fumait une cigarette dans une attitude parfaitement décontractée. En fait, une dizaine d'agents les encerclaient tous deux et se tenaient prêts à intervenir. Soudain une voix comme venue de nulle part interpella Gabriel.

« Dieu merci, vous êtes venu ! »

Abaissant les yeux, Gabriel aperçut un petit homme au regard anxieux et accoutré comme l'espion d'un mauvais film. Aussitôt, chaque agent se contracta comme un seul organisme, prêt à attaquer.

« … Oui ! Je…Je suis venu. Répondit brillamment Gabriel en bafouillant comme un piètre acteur.

- J'ai apporté les documents !

- Les documents ? Quels documents ?

- Les preuves ! Les preuves que les attaques proviennent de missiles et non d'astéroïdes ou de simples bombes du groupe Stella ! Mais allons plus loin, là, dans les jardins, nous serons plus tranquilles. »

Les deux hommes s'éloignèrent, accompagnés de l'escorte invisible qui gravitait autour d'eux. L'homme reprit la parole sans prêter attention au regard agité de Gabriel :

« La procédure habituelle en cas de passage d'astéroïdes se résume à une simple surveillance par analyse massique, mais je la double toujours par une analyse spectrographique. Et c'est indéniable, c'est bien la signature de deux missiles qui apparaît ! Lorsque j'ai fait mon rapport à mes supérieurs, je n'ai reçu que pressions et menaces à peine voilées. On m'a même accusé d'avoir fait des faux ! Ca sent le complot tout ça et j'ai franchement la trouille ! J'ai bien pensé aller voir la police, mais sans l'appui de ma hiérarchie… Et puis… Je crois qu'on m'a suivi !

- Je comprends dit Gabriel… Je…

A cet instant le capitaine Cellini intervint :

- Services secrets, contrôle d'identité !

Swann se liquéfia en un instant.

- Ne vous inquiétez pas ils sont là pour ma sécurité, faites-moi confiance ajouta Gabriel avec un soupçon de doute dans la voix qui ne manqua pas de le surprendre.

L'homme, méfiant, tendit une main craintive vers le lecteur optique que pointait vers lui le capitaine, lorsque soudain, son corps fut pris d'une terrible convulsion. Aussitôt une dizaine d'armes le braquèrent, prêtes à le réduire en un tas de chair amorphe. Mais n'y prêtant aucune attention, l'homme poussa des cris atroces et se débattit comme assailli par un ennemi invisible ! Les agents se regardèrent indécis, la situation échappant à toute procédure connue. Pour ne rien arranger, l'homme se frappait maintenant violemment la tête. Finalement le capitaine finit par retrouver ses esprits et hurla :

« Qu'est-ce que vous foutez, choppez-le ! »

Mais avant même que quiconque eut le temps de le maîtriser, l'homme se sauva en hurlant à travers la foule, comme un possédé. Maintenant poursuivit par une dizaine d'agents, l'individu s'apprêtait à traverser la zone d'atterrissage, lorsque soudain, à la surprise de tous, il stoppa net. De façon presque comique, sa tête venait de heurter le nez d'une navette sur le point de décoller. Les agents l'encerclèrent rapidement et dispersèrent quelques curieux. Le capitaine Cellini contrôla son identité et pour seul commentaire il dit à voix basse :

« Swann Korezck. Refroidi. Un de plus. »

Mais soudain il se redressa comme pris d'un doute... Des yeux il chercha Gabriel, en vain. Celui-ci avait disparu.

- Quelqu'un sait où est Primae... ?

Son équipe échangea des regards interrogatifs.

- Ok, laissez tomber… Parker, prenez trois hommes et tâchez de le retrouver ! J'ai lancé un verrouillage de la zone sur un rayon de trois cents mètres, toutes les navettes sont bloquées au sol, Svenson vous répartissez le reste de l'équipe pour le quadrillage. Retrouvez-moi le fils de pute qui a buté ce mec ! Contrôlez chaque individu avec le moindre équipement suspect, allez go ! »

Gabriel fuyait. Il fuyait cet endroit autant qu'il pensait fuir tous ces événements et tous ces morts.

Il s'arrêta pour reprendre son souffle et observa les alentours. Au coin de la rue un panneau de la STARFLY clignotait annonçant un départ imminent. Il rejoignit la navette et s'apprêtait à monter à bord lorsqu'il posa son regard sur le panneau extérieur.

Police, procédure d'urgence – départ retardé
Veuillez nous excuser pour ce désagrément

Dehors, plusieurs passagers patientaient ou fixaient le ciel un peu hagard. Soudain une jeune femme pointa son doigt en l'air :

« Là regardez, une navette de la police !

Un véhicule sombre flanqué d'un « POLICE » argenté sur son fuselage survolait et scannait minutieusement le quartier. Tous les feux latéraux clignotaient, indiquant qu'une opération était en cours.

Gabriel s'écarta du groupe et remonta la rue en pressant le pas. Il changea brusquement de trottoir pour échapper à la surveillance et reprit sa course en espérant bientôt sortir de la zone de quadrillage.

Ce fut chose faite après quelques minutes, il put monter dans une navette en partance pour le quartier des affaires.

10

Il était près de vingt heures trente lorsque Gabriel sonna chez Léna. Une terrible lassitude pesait sur ses épaules alors que son esprit lui rediffusait sans cesse et de façon insupportable les images des deux derniers jours.

Elle ouvrit la porte. Ils se regardèrent tous deux sans dire un mot. Finalement Léna l'entoura de ses bras et lui souffla à l'oreille :

« Sylvia m'a tout dit.

- Oublions ça pour le moment, veux-tu… ? J'ai largué mon garde du corps tout à l'heure. Il y a encore eu un mort… »

Gabriel enfouit son visage dans sa chevelure et enserra sa taille. Immédiatement, il eut le sentiment de voir disparaître le poids oppressant des derniers événements. Peu à peu tout s'effaça et s'évanouit, il ne resta plus que Léna et Gabriel. Elle l'invita à entrer.

« Sers-toi un verre de vin et installe toi. J'arrive tout de suite, j'ai juste un message à envoyer ! »

Gabriel se dirigea vers la table. Il allait saisir le tire-bouchon lorsqu'il réalisa que la bouteille était déjà débouchée… A cet instant, l'ébauche d'une question se matérialisa dans son esprit mais n'atteignit pas encore sa conscience… Il versa le vin couleur rubis dans les deux verres… Cette fois une petite lumière le chatouilla dans sa tête !

Lorsque Léna réapparut, Gabriel tenait les deux verres à la main et regardait sans grand intérêt une photo noir et blanc accrochée au mur.

« C'est la fameuse photo de Bergson… ?

- Oui, c'est mon père qui l'a dénichée ! Elle est magnifique non ?

- Elle a une très belle géométrie… » dit-il en se tournant vers Léna. Il remarqua aussitôt qu'elle en avait profité pour se recoiffer. Agréablement troublé, il lui tendit un verre qu'elle saisit avec un doux sourire. Dans un silence absolu, ils dégustèrent la première gorgée.

« Hum… c'est un Larcan ?

- Bien sûr… Tu n'as pas vu la bouteille ?

- Euh… non, à vrai dire je n'y ai pas prêté attention…

- Dis-moi, tu as mangé ?

- Non et je meurs de faim !

- J'ai fait un rôti, quelques légumes et des pommes de terre… Ca te dit ?

- C'est parfait ! Répondit Gabriel avec un sourire comblé.

- Bon et bien mets donc la table pendant que je termine en cuisine !

- Léna ?

- Oui… ?

- Dis-moi, tu attendais quelqu'un… ?

- Non… pourquoi cette question ?

- Et bien, il y avait deux verres sur la table, la bouteille était déjà débouchée et tu as eu le temps de préparer un repas… ?

- Dis donc monsieur l'inspecteur, il est interdit de se faire plaisir ? Et à vrai dire… J'espérais que tu passes… »

Ils dînèrent jusqu'à vingt deux heures puis prirent un cognac au salon, confortablement installés sur le canapé.

Voyant Gabriel enfin détendu Léna osa demander :

« Allez, raconte moi un peu ta journée... »

L'esprit de plus en plus lourd, il détailla la disparition d'Yvan et de tous les autres... Son hallucination, et enfin sa fuite pour échapper à sa propre mort !

Léna se contenta de le prendre dans ses bras, mais elle finit néanmoins par lui dire :

« Au moins la bombe n'a pas fait de victime au siège de la

DNA Corp...

- La bombe ! C'est pas vrai ! Avec tout ça j'avais complètement oublié cet épisode apocalyptique ! Il n'y a pas eu de victime, tu dis ?

- Non, elle a dû être désamorcée, en tous cas, il n'y a pas eu d'explosion...

- C'est déjà ça !

- Gabriel, tu es épuisé, vas donc prendre un bain pendant que je débarrasse. »

Ce dernier ne se fit pas prier, il embrassa Léna et fila à la salle de bain. Il fit aussitôt couler une eau presque brûlante comme il aimait. Malgré le bruit, il entendit Léna qui lui dit de la cuisine :

« Il ne doit plus rester de serviette, je t'en amène une... »

Une fois dans son bain, Gabriel rechercha sur le réseau des articles au sujet de DNA Corp. Au bout de dix minutes et après avoir recoupé plusieurs sources, il constata qu'aucun ne mentionnait la présence d'une bombe... Tous parlait certes d'un attentat qui n'avait fait aucune victime mais c'était tout... Les journalistes attendaient encore des précisions des autorités !

« Comment diable Léna avait-elle connaissance de ces détails... ? »

De plus, il la trouvait bien solide face à tous ces événements sa Léna chérie... Mais la fatigue aidant, il cessa de réfléchir à tout ça, il ne pouvait plus...

Le lendemain matin, Gabriel ouvrit les yeux. Léna dormait encore profondément. Il resta un long moment à la regarder, à la contempler. En cet instant, son bonheur était tel qu'il se mit à douter des récentes tragédies. Ni destruction, ni attentat, ni sombre humanité... Mais seulement ce juste microcosme qui englobait tout et dépassait toutes les dualités de ce monde. Léna ouvrit les yeux et lui sourit. Comme pour lui répondre il lui chuchota :

« Si on se prenait quelques jours, on file à Lagos ! Tu te souviens cette plage... ?

- Bien sûr que je m'en souviens et que j'aimerais y aller Gabriel, mais peux-tu vraiment fuir ainsi... ? »

Cette dernière remarque le troubla et le mit presque mal à l'aise... C'était étrange de la part de Léna, elle avait prononcé ses mots avec comme un semblant de sévérité......

A ce moment le téléphone de l'appartement sonna. Gabriel grimaça. Cette maudite sonnerie le ramenait à la réalité et dissipait brutalement ses rêves d'évasion. Il soupira, se leva et prit la communication..

« Oui... Je sais, je sais... oui...désolé... Rendez-vous dans une heure...ok. »

Gabriel regarda Léna, le visage un peu abattu et dit simplement :

« Ils m'ont retrouvé ! » Celle-ci lui sourit et murmura :

- J'ai faim !

Gabriel répondit à son sourire.

11

Gabriel rejoignit le sommet de la tour, une navette l'attendait. Le capitaine Cellini en sortit pour l'accueillir.

« Comment m'avez-vous retrouvé ?

- Vous n'en avez aucune idée Monsieur Primae… ?

- Non, pas la moindre, pourquoi devrais-je ? En tous cas, le fait que vous ayez pu mettre la main sur moi aussi facilement m'a décidé à vous suivre. Si vous avez pu, les autres le peuvent également. N'est-ce pas ?

- Juste, mais ne tardons pas s'il vous plait. »

Gabriel n'aurait su comment l'exprimer, il perçut comme un changement dans l'attitude du capitaine. Un changement à peine perceptible, quelque chose que l'on ressent presque instinctivement. Il semblait plus distant. Aurait-il été plus narcissique, Gabriel y aurait vu comme une certaine déférence à son égard. Il n'en devint au final que plus méfiant.

« Puis- savoir où vous me conduisez ?

- Bien sûr, nous allons rendre visite à un certain Docteur Karl Mellos…

- Le neurobiologiste ? Coupa Gabriel.

- Oui, en effet. Mais avant cela, j'ai reçu l'autorisation de vous informer de certains éléments de l'enquête. Eléments confidentiels, s'il est besoin de préciser et qui relèvent de la sécurité planétaire.

- Ouah ! De fait, je suppose que je peux me considérer comme réquisitionné…

- J'ai reçu des ordres. Disons que votre collaboration est fortement recommandée.

- Si je comprends bien j'ai la liberté d'accepter ou d'accepter... ?

- Vous avez saisi Monsieur Primae.

- Mais que vient faire un neurobiologiste dans l'histoire... ?

- Vous allez comprendre... Mais tout d'abord une question, avez vous jamais entendu parler du procédé SNAMO ?

- Si vous faites allusion à la stimulation neuronale par amplification de micro-ondes, oui, bien sûr.

- Précisément ! Donc, comme vous le savez, ce procédé permet d'induire chez un être humain toute sorte de stimuli sensoriels, tant visuels, qu'auditifs... Ce procédé, développé dans un premier temps par l'industrie de l'image virtuelle, a finalement été interdit compte tenu des dérives perverses et dangers identifiés...

- Attendez, coupa de nouveau Gabriel, vous pensez que ce Swann et tous les autres ont été victime d'hallucinations générées par cette technologie ?! C'est impossible ! C'est à peine si l'armée peut en faire usage...

- Certes, mais c'est un fait. Swann, tout comme vos collègues en ont été victime !

- Comment le savez-vous... ?

- Une stimulation intense laisse des traces dont l'origine ne fait, croyez-moi, aucun doute !

- Mais mourir de peur n'est qu'une expression... Un esprit normalement constitué peut faire la part des choses, non ?... Comment peut-on mourir d'une simple vision, aussi cauchemardesque soit-elle ? Et pourquoi suis-je encore debout pour en parler ? Car je suppose que mon hallucination…

- Tout a fait, c'est une véritable énigme… Enfin bref, il semble nécessaire d'en apprendre plus sur cette SNAMO. C'est la raison pour laquelle nous rendons cette petite visite au Docteur Karl Mellos qui se fera un plaisir de nous éclairer, j'en suis sûr ! A ce propos, vos connaissances scientifiques me seront sans aucun doute fortement utiles…

- Mais une autre chose capitaine, vous ne m'avez pas précisé qui était à l'origine de ce complot… !

- Probablement un groupe de scientifiques, mais je vous en reparlerai, chaque chose en son temps Monsieur Primae. Au fait, je ne vous ai pas présenté l'agent Valeriana Emani, une jeune stagiaire chargée de votre sécurité. »

Cette dernière adressa un signe de tête à Gabriel. De la part de Cellini, il reçut un clin d'œil et un coup de coude dans les côtes, message masculin qui devait signifier son intérêt pour cette jeune beauté orientale. Gabriel tenta d'y répondre par un sourire complice. Mal à l'aise, il espérait simplement que le charmant sourire de cette jeune demoiselle ne constituait pas sa seule arme face au danger. Et comme si à cet instant le capitaine avait pu intercepter ses pensées, il ajouta :

« Ne vous fiez pas à son air angélique Monsieur Primae, c'est une tueuse née… ! Mais c'est également une cuisinière hors pair !

- Ah… Fit Gabriel pas plus rassuré.

- Capitaine, il y a une chose que je ne parviens pas à m'expliquer…

- Quoi donc ?

- La mort de ce Swann, vous savez…

- Vous vous demandez, s'ils ont pu l'éliminer, pourquoi pas vous ? Interrompit Cellini.

- Mais oui ! Ca ne tient pas debout ! Ils prennent des risques insensés pour éliminer ce pauvre homme et ce, devant une dizaine d'agents des services secrets, pour finalement me laisser filer tranquillement ?!

- D'autant que les documents ne nous ont rien appris que nous ne sachions déjà…

- Vraiment ?!

- Disons que nous ne croyons pas vraiment aux coïncidences, trois zones alpha, ça fait beaucoup, non ? Qui plus est au même moment et sur deux corps célestes distincts ! De plus, les analyses effectuées sur les sites ont clairement révélé la présence de traces d'explosif dont l'origine n'a rien d'artisanale. Croyaient-ils vraiment que nous serions dupes ? En revanche ce Swann nous a au moins mis sur la piste de ces missiles... En ce qui vous concerne, je n'ai pas d'explication. Peut-être cherchent-ils à vous déstabiliser. En tout cas, ils sont bien sûrs d'eux, trop sûrs même. C'est ce qui m'inquiète. J'espère que ce n'est que par pure arrogance… » Conclut le capitaine comme se parlant à lui-même, avant de se perdre dans une ombrageuse et soucieuse méditation.

Le silence gagna bientôt tous les passagers de la navette. Gabriel regardait par la fenêtre sans trop réfléchir. Un instant il réalisa simplement qu'il ne connaissait pas la zone survolée. Ils avaient pris une direction approximative nord-nord-est et rapidement dépassé la vieille zone industrielle. Ils surplombaient à présent un terrain immense tout au plus parsemé de quelques bâtiments. Les nombreux grillages et le va-et-vient incessant de drones et navettes indiquaient clairement deux choses : la zone était militaire et les curieux n'étaient pas les bienvenus.

« Ah ! Nous arrivons ! Dit enfin le capitaine, rompant le silence. Regardez, le bâtiment sombre là, près de cette chose hideuse qui ressemble vaguement à une œuvre d'art… »

Mais encore une fois, l'intérêt de Gabriel se porta sur les éléments qui faisaient de cette place un site protégé et de haute sécurité.

« Terrain militaire ? Demanda t-il.

- En fait, le site n'appartient à aucun corps d'armée, il est directement rattaché au Ministère de la Défense. »

Et en effet, à la descente de la navette, une garde solidement armée les attendait ainsi qu'un homme en costume bien plus disposé au dialogue. Et effectivement, ce dernier prit la parole :

« Dr Langera. Soyez les bienvenus. Le professeur Mellos vous attend, veuillez me suivre. »

Assez impressionné et intrigué, Gabriel remarqua qu'à chaque instant la charmante Valeriana Emani s'interposait discrètement entre lui et les soldats.

Ils approchèrent du bâtiment, une solide construction qui n'avait d'autre prétention que d'abriter ses quelques occupants dans un confort relatif.

Le groupe prit l'ascenseur et emprunta un long couloir hautement sécurisé. Chacune des larges portes qu'ils dépassaient devaient probablement mener à autant de laboratoires pensa Gabriel. Finalement, le Docteur Langera s'arrêta devant l'une d'entre elles et signala sa présence à un micro écran. La porte s'ouvrit. Un soldat se posta dans le couloir. Emani fit de même mais de l'autre côté de la porte. Un homme d'une cinquantaine d'années les accueillit chaleureusement. Il affichait en effet une bonhomie qui dénotait étrangement pour un tel site. Il donnait l'impression de vouloir rire à chaque instant et sans aucune raison précise. Un comportement qui irritait considérablement Gabriel plus qu'il ne le mettait à l'aise. Finalement le professeur se résigna à rejoindre son bureau et s'assit de façon très théâtrale sur un fauteuil à champ de force. Il parut aussitôt se calmer une fois son postérieur solidement calé. Il invita bientôt ses visiteurs à faire de même. Il fallait le reconnaître, son bureau était impressionnant, le sol était couvert de marbre synthétique et une large baie vitrée offrait une vue remarquable sur une zone boisée. Etonnant pour un tel bâtiment remarqua encore une fois Gabriel.

« Bien, je crois que les présentations sont inutiles. Aussi, venons-en au fait. Si j'en crois votre ordre de mission, vous désirez obtenir quelques renseignements sur la technologie SNAMO, c'est bien cela ? Commença le professeur Mellos.

- En effet, intervint le capitaine, pourriez-vous nous décrire cette technologie et nous dire s'il elle peut induire des comportements suicidaires… »

Un instant le visage du professeur laissa apparaître une légère crispation qui interféra avec ce sourire qu'il voulait permanent.

- Comportements suicidaires… ? Hum…Certes cette technologie peut s'avérer perturbante mais de là à s'avérer mortelle… ! Un rire peu convainquant l'agita un instant.

- Dans ce cas, intervint Gabriel, pourquoi le Ministère de la Défense possède t-il un tel site ?

- … Mais Monsieur, nos recherches concernent de multiples domaines ! La SNAMO vise essentiellement à soutirer des informations par un état hypnotique. »

Le professeur s'empara d'une large boite de cristal noir quasi opaque. Il en tira un cigare qu'il contempla longuement tout en le faisant rouler entre ses doigts. Il invita ses visiteurs à faire de même.

Cette passion commune ne le rendit pas plus agréable aux yeux de Gabriel, tout particulièrement lorsque le professeur tira ostensiblement ses premières bouffées. Gabriel n'était pas dupe et voyait bien que cette petite mascarade visait à cacher la gêne qui grandissait irrémédiablement chez le professeur. Et pourquoi ce malaise ambiant ? Ils n'avaient pourtant échangé que de simples banalités !

« Mais comment procède la SNAMO ? Insista Le capitaine Cellini ?

- Et bien un flux de micro ondes parvient, lorsqu'il cible une région précise du cerveau, à générer le même signal électrique que produit une vision, un son ou le toucher. L'illusion est parfaite et rien ne permet de la distinguer de la réalité puisque le message envoyé au cerveau est strictement de même nature. Il en résulte une A.R. ou altération de la réalité. C'est comme si l'on rendait un élément inexistant aussi palpable et tangible que la réalité. Mais une autre forme de stimulation est possible : en sollicitant les parties du cerveau à l'origine de la mémoire, on déclenche alors des visions proches de celles observées dans les rêves, il s'agit des SNAMO de type I. I. pour irréelle.

- Mais nous percevons la réalité par les cinq sens et ceux-ci ne sont pas regroupés en une seule et même région du cerveau. Comment parvenir à stimuler en même temps ces différentes régions ? Demanda Gabriel.

- Chaque région possède une activité propre et donc une signature propre. Disons, pour schématiser, qu'un signal parvient à reconnaître sa région. A l'origine nous utilisions des casques multi sources. A présent ce n'est plus nécessaire. L'onde est maintenant capable de cartographier le cerveau en détectant les influx nerveux résultant de l'activité cérébrale.

- Certes, mais comment opérer sur une personne en mouvement ? Continua Gabriel.

- Ceci est une nouvelle technologie en cours d'expérimentation. C'est top secret !

- Pourtant, il semble qu'un groupe criminel en fasse déjà usage ! Dit le capitaine.

- C'est impossible ! Protesta le professeur qui se sentit insulté. Ceci exige des moyens considérables tant technologiques que financiers, vous n'en avez pas idée !

- Veuillez me pardonner professeur, je cherche simplement à faire progresser mon enquête, je n'avais nullement l'intention de vous être désagréable.

- Hum… soit. De toute façon, le meilleur moyen pour vous faire une idée de la SNAMO est de la tester ! Non ? La pratique vaut souvent mieux que la théorie, conclut le professeur.

Cellini et Primae restèrent un moment sans dire un mot, laissant Mellos savourer un bref instant comme un sentiment de supériorité.

- C'est… sans danger ? Demanda Cellini.

- Absolument, n'ayez aucune crainte ! D'ailleurs, je n'ai nullement l'intention de me mettre en froid avec les services secrets ! Conclut presque hilare le professeur. »

Ce dernier les conduisit cérémonieusement vers l'un laboratoire. Ils débouchèrent enfin dans une vaste pièce sans fenêtre aucune. Particulièrement spartiate, elle ne comprenait en fait que quelques fauteuils dont un doté de menottes électromagnétiques ainsi qu'un bureau sur lequel trônait une sorte de console plutôt complexe.

« Je vous en prie, installez-vous !

Qui désire commencer ?

- Moi ! Dis le capitaine Cellini qui déjà s'était installé. Que dois-je faire ?

- Rien, restez simplement immobile et détendez-vous, répondit le professeur. »

Ce dernier s'installa derrière la console et se mit à tapoter sur un clavier lumineux.

Soudain les yeux de Gabriel quittèrent le professeur et fixèrent le capitaine qui s'écria :

« Incroyable ! Primae ! Juste à côté de vous !

Gabriel ne put résister et regarda de tous côtés, mais il ne vit rien de saisissant.

- Fermez les yeux maintenant capitaine, lui intima le professeur.

Cellini s'exécuta et chacun put bientôt l'observer agiter ses bras dans le vide, comme pour saisir une chose immatérielle. Il semblait fasciné, presque en extase !

Après quelques minutes le capitaine parut se réveiller comme d'un rêve étrange et sans un mot céda enfin sa place à Gabriel. Ce dernier se prêta à l'expérience mais avec une profonde réticence… Il n'avait vraiment pas confiance.

« Prêt Monsieur Primae ? Détendez-vous… là…parfait.

Le professeur engagea la procédure et fixa Gabriel.

- Je vois… je vois une forme, mais elle est très incohérente, on dirait une forme colorée et transparente…

- C'est impossible, répondit le professeur, vous devriez voir une sorte de danseuse antique…

- non… Gabriel s'agita un instant. Là…oui, en me concentrant, je la vois cette fois ! Superbe ! »

Quelques minutes plus tard, c'est un professeur manifestement troublé qui raccompagna ses deux « invités » jusqu'à l'ascenseur.

« Une dernière question, si vous le permettez professeur…

- Bien sûr Capitaine, à votre service !

- Comment s'y prend t-on pour tuer à l'aide de la
  SNAMO… ?

- Je ne comprends pas votre question…

- J'ai eu vent que lors des premiers balbutiements de la SNAMO des accidents ont eu lieu et ce avec des conséquences plus que fâcheuses…

- Je ne…

- D'autre part professeur, nous avons assisté, pas plus tard qu'hier, à la mort tragique d'un individu. Nous suspectons plus que fortement un usage de la SNAMO. Le pauvre a été pris d'une terrible hallucination ! Je tiens enfin à vous rappeler qu'il a été requis votre totale et entière collaboration ! »

Le ton martial et menaçant employé par le capitaine secoua le professeur. Gabriel avait même craint l'intervention des hommes armés et s'était inconsciemment rapproché de l'agent Emani. Mais seul un silence marqué ponctua l'intervention de Cellini.

Le professeur se voûta et baissant la tête finit par confesser :

« Si la SNAMO a bien été employée comme vous le dites, il n'est pas mort suite à une hallucination… Voyez-vous, dans certains cas, une mauvaise manipulation peut provoquer une sorte de court-circuit au niveau du cerveau en libérant un véritable cocktail chimique…

- Je ne saisis pas, l'activité n'est-elle pas électrique ? Coupa le capitaine.

- Si, mais la communication entre les neurones est purement chimique. Elle est réalisée par des molécules appelées neurotransmetteurs. Pensez aux différentes drogues qui agissent au niveau du cerveau, la plupart sont proches de ces molécules. Le signal électrique est propre à chaque neurone et ne passe jamais de l'un à l'autre. Les neurotransmetteurs sont les messagers du cerveau. Vous saisissez ?

- Je crois, oui…

- Bien… Donc effectivement il y a eu des accidents, ceux-ci ont mis en évidence que certaines stimulations un peu trop brutales libèrent instantanément toutes ces molécules dans le cerveau. Il doit alors s'y produire un véritable feu d'artifice ! Pour rien au monde je ne voudrais connaître cette expérience… !

- C'est horrible !

- Je ne vous le fais pas dire Capitaine. Bien Messieurs… Je dois à présent vous laisser. Ces messieurs se chargeront de vous raccompagner. J'espère avoir pu vous être utile…

Après un échange de poignées de main, les portes de l'ascenseur se refermèrent sur le groupe. Le professeur resta un instant seul dans le couloir, immobile. Puis, comme reprenant ses esprits, il se dirigea vers son bureau et marmonna à haute voix :

« Je dois le prévenir… »

12

La navette décolla et tous quittèrent le centre de recherche. Après plusieurs minutes de silence, Gabriel fit part de ses premières impressions.

« Ce professeur me fait froid dans le dos, son attitude est vraiment étrange.

- poursuivez...

- Disons que, tout d'abord, sa façon théâtrale de nous accueillir... C'est comme si il avait voulu nous embobiner et se débarrasser de nous au plus vite. Pourquoi cette semi-crise de colère lorsque vous lui avez laissé entendre qu'un groupe terroriste, quel qu'il soit, était peut-être technologiquement en avance sur lui ? Simple manifestation de l'ego ? De plus, il est « Le » spécialiste de la SNAMO et dirige un centre qui étudierait plusieurs domaines de recherche ? Je n'y crois pas, ce centre est entièrement dédié à la SNAMO, c'est certain ! Et enfin il travaille pour le compte du Ministère de la Défense et cette technologie se bornerait à n'être utilisée que pour des interrogatoires ! Il se fiche de nous ! Ah ! J'oubliais. Vous avez remarqué sa mine déconfite lorsque je lui ai demandé si d'éventuels accidents s'étaient produits lors des premières expérimentations ! Cela fait beaucoup de détails tout ça, vous ne trouvez pas ?

- Je suis assez d'accord avec vous, mais rien d'autre ne vous a frappé ?

- Dans l'immédiat, non... Je ne vois pas...

- Et bien, le professeur a procédé sur moi à une A.R, ainsi qu'à une SNAMO de type I. je crois… Sur vous, il ne s'est borné à n'expérimenter qu'une A.R. et… qui n'a pas marché dans un premier temps…

- Oui et alors ?

- Et bien, je n'ai pas quitté le professeur Mellos des yeux et vous pouvez me croire, j'ai vu son visage se décomposer alors que l'A.R. ne fonctionnait pas ! Sa mine déconfite, comme vous dites, vient de là, pas de votre question subsidiaire sur de possibles accidents !

- Vous pensez vraiment ?

- A vrai dire, j'en suis sûr ! Par contre, je suis assez tenté de le croire quant à l'état de simple expérimentation de la SNAMO sur cible mouvante. En revanche… peut être est-elle réalisable lorsqu'il s'agit de causer des dégâts…

- Oui, c'est probable, respecter l'intégrité du cerveau pourrait nécessiter de cartographier le cortex de façon plus approfondie, comme nous l'a expliqué Mellos. Une cartographie plus sommaire est peut-être suffisante pour une SNAMO tueuse issue des premières expérimentations…!

- Tout ça me plaît ! Je vais tenter de répertorier tous les chercheurs ayant, de près ou de loin, travaillé sur ce procédé. Je me trompe ou je sens qu'on avance ? Bon ! Moi j'ai sacrément besoin d'un verre, ça vous dit Primae et Valériana chérie ?

Celle-ci répondit par un regard noir qu'il valait mieux ne pas traduire en langage verbal.

- Cap sur le premier bar ! Lança Gabriel ! »

Ils entrèrent tous trois dans un bar du quartier ouest de Maxima Citae. Emani se montra plus tendue que d'habitude, sans doute en raison de la foule.

« Allons Valériana, ça ne risque rien ici, on se détend ! » Lança Cellini. Mais rien n'y fit, elle resta toutes griffes dehors.

Ils s'assirent à une table et commandèrent également de quoi déjeuner. Le capitaine se fit apporter un cocktail multicolore réparti dans trois tubes. Gabriel quant à lui dégusta son whisky comme perdu dans les abîmes de son esprit. Quelque chose le troublait. En posant soudain son verre, il s'écria.

« Capitaine ! Vous vous souvenez la fois où le commissaire m'a embarqué suite à mon délire dans un bar…

- Oui, je me souviens parfaitement, cela remonte à moins de deux jours…

- Et bien, à présent j'en suis sûr, j'ai subi une A.R. ! J'ai eu de telles hallucinations ! C'est une évidence à présent ! Mais pourquoi ? Et pour quelle raison a-t-elle cette fois là si bien fonctionné ?

- Vous êtes sûr Primae ? Vous étiez sans doute fatigué et éprouvé par les événements…

- Non, ces visions étaient trop riches… Non attendez ! C'était une A.R. puisque j'avais conscience d'être toujours dans ce café, mais une femme m'est apparue sous les traits d'une amie ! Ceci n'est possible que par une stimulation de ma mémoire et donc par une SNAMO de type I. ! Vous me suivez ?

- Vous essayez de me dire que vous auriez subi les deux types de SNAMO, en même temps ?

- C'est la seule explication ! Mais encore une fois, pourquoi ? Pour me tester… ?

Soudain Gabriel figea son regard, un homme d'un certain âge le fixait. Il ressentit comme un air de déjà vu. Quel étrange regard se dit-il, un regard presque apaisant, bienveillant. Et pourtant, il le savait, quiconque n'y aurait vu qu'un visage sans expression.

- Qu'y a-t-il Primae ?

- Non, rien. J'ai cru reconnaître quelqu'un… Enfin, je ne sais pas…

- Vraiment, où ça ? »

Mais lorsque Gabriel releva la tête, l'homme s'était purement et simplement volatilisé.

13

Sylvia était en retard. Elle avait rendez-vous avec Edda, la femme de Marcus pour la sortir un peu, prendre un verre et peut-être faire les boutiques, histoire de lui changer les idées. L'enterrement avait eu lieu pas plus tard qu'hier et avait été strictement réservé à la famille pour des raisons de sécurité.

Mais à cette heure, Sylvia était encore en sous vêtements et regardait agacée les deux tenues qu'elle avait sélectionnées et déposées sur le lit.

Un regard par la fenêtre lui confirma les prévisions météo de l'après midi : le soleil remportait la partie.

« C'est l'occasion de mettre mon nouvel ensemble, pensa tout haut Sylvia, ce jaune vaporeux est tout bonnement divin... ! Mais non ma pauvre fille ! Edda est en deuil, tu ne peux pas débouler comme ça... » Son regard se porta alors sur sa tenue de chez Jennery. Elle fit la grimace. Ce bleu était superbe, mais c'était un achat de l'année dernière... !

En regardant l'heure, elle se crut sur le point de faire une crise de nerf !

« J'en ai marre, je n'ai plus rien à me mettre ! »

Excédée, Sylvia se dirigea vers le dressing et y attrapa (presque) au hasard l'une de ses innombrables tenues.

Moins de dix minutes plus tard, elle quittait enfin son appartement pour rejoindre l'aérogare.

Elle sauta dans la première navette de la STARFLY et s'aperçut qu'elle était franchement en retard. Elle fut soulagée, il n'y avait presque personne à bord, elle put choisir sa place. Aussitôt assise, elle sortit sa trousse à maquillage et glorifia son joli minois par quelques habiles coups de crayon. Un homme lui adressa un sourire aimable et plein d'espoir, elle n'y répondit pas. Elle était bien trop occupée par son petit jeu : elle dévisagea un à un les passagers qui montaient juste avant le décollage. Elle était devenue experte pour repérer chaque nouvel agent que le capitaine envoyait pour la suivre et assurer sa sécurité !

Deux femmes vinrent s'assoire près de Sylvia, nope ! Néanmoins elle tendit l'oreille : problèmes de couple ! Soudain un homme arriva précipitamment et manqua de trébucher, nope ! Un jeune, trop jeune… ! Fausse alerte la navette allait décoller. Mais au dernier moment une jeune femme monta précipitamment. Elle était plutôt banale mais manifestement athlétique à en juger par la course qu'elle venait de réaliser sans même paraître le moins du monde essoufflée… Curieusement elle ne porta aucun regard à l'entour et resta debout comme si elle se sentait de trop. Elle ne regarda personne, pas même Sylvia, mais son esprit était entièrement focalisé sur cette navette, cela ne faisait aucun doute ! Elle ne pensait ni à ses enfants ni à un quelconque rendez-vous… De plus elle ne portait pas de sac à main, erreur fatale !

Sylvia songeait de plus en plus sérieusement à rédiger une note à l'intention du capitaine afin d'améliorer la couverture de ses agents !

La navette décolla aussitôt.

Sylvia reçut un message d'Edda, elle l'attendait au café Bukow.

Elle descendit au deuxième arrêt sur les larges trottoirs de l'avenue centrale. Elle fit quelques pas vers la première vitrine et posa son regard sur quelques articles qui n'offraient pas le moindre intérêt à ses yeux... Dans le reflet, elle aperçut la jeune femme plantée à quelques mètres derrière elle. Cette fois, elle ne put supporter ce manque de professionnalisme, elle se retourna :

« Dis donc ma jolie, franchement tu es vraiment la plus... »

Sylvia ne termina pas sa phrase. « L'agent » pointait vers elle un curieux petit objet qu'elle tenait fermement dans sa main droite. Soudain l'objet émit un petit sifflement. Sylvia s'effondra aussitôt sur les larges dalles de polymères. Son joli visage marquait encore un étonnement teinté d'incompréhension.

Les passants se mirent à crier et à fuir, d'autres, beaucoup plus rares, tentèrent de porter secours à la victime.

Le regard lointain, la femme rangea son arme puis plaça ses bras le long du corps et resta là, immobile. Un premier drone survola Sylvia puis pivota vers son agresseur.

D'une voix synthétique il ordonna :

« Vous êtes coupable d'un homicide, freeze !
- Vous êtes coupable d'un homicide, freeze !
- Vous êtes coupable d'un homicide, freeze ! »

14

En tout début d'après midi, Gabriel fut transféré dans une agréable propriété à quelques kilomètres de la capitale. Elle était isolée de toute autre habitation et comble du luxe possédait un immense parc. Pour le moment il tentait de se changer les idées et jouait sans entrain avec son chien au milieu de la verdure. Emani rodait sans cesse, prête à bondir à la moindre alerte. Elle ne quittait Gabriel des yeux que de brefs instants pour surveiller la navette officielle qui stationnait sur le parking, près de l'entrée. Après de longues minutes le capitaine Cellini sortit du véhicule presque au garde-à-vous, les bras encombrés de quelques dossiers. Sans attendre, la navette décolla avec son escorte.

« Dites donc, le gratin nous rend visite ! Lança Gabriel au capitaine. Mais ce dernier resta sans réagir, le visage comme saisi d'une rigueur toute professionnelle. Finalement, il articula sur un ton où courtoisie et réprimande se mêlaient étroitement :

- Monsieur Primae, j'ai à vous parler.

Gabriel fit la moue, il avait espéré établir des relations cordiales avec les deux agents qui ne le quittaient plus. En ce qui concerne Emani, le cas semblait désespéré ; il n'avait pas souvenir de l'avoir jamais entendue prononcer un mot, peut-être une forme de grognement. En revanche, Cellini était parvenu à gommer ce « Monsieur » lorsqu'il s'adressait à lui. Et voilà qu'on revenait à la case départ. Gabriel ressentit soudain une pesante solitude.

Tous deux s'assirent autour de la table basse du salon, le capitaine y déposa ses dossiers. Gabriel accueillit Whisky qui se lova contre lui.

- Monsieur Primae, que savez-vous de votre père ?

- Mon père ?! Que vient-t-il faire là-dedans ?

- Disons qu'il est à l'origine de l'intérêt que nous vous portons...

- Mais enfin, il est mort voilà plus de dix ans ! Et je n'ai sûrement rien à vous apprendre que vous ne sachiez déjà !

- Votre père, ne vous a-t-il jamais parlé du projet OPTIMA GENOMA ?

- Non, jamais entendu parler !

Le capitaine marqua une pause.

- Votre père, Hadrien Primae en était l'un des principaux responsables et comme son code 2DPS 338 ne l'indique pas, il s'agit d'un programme de recherche de sélection génomique de niveau IV.

- Mais protesta Gabriel, le niveau IV a été interdit par les lois anti-eugéniques aux alentours de 2270, voilà plus de trente ans !

- En effet Monsieur Primae, il y a plus de trente ans... Au fait, quel âge avez-vous Monsieur Primae ?

- Vous le savez...32. Où voulez vous à en venir ? Vous ne pensez tout de même pas que je sois le résultat d'une quelconque expérience ?! Dit Gabriel en riant.

- En fait, si !

- Vous êtes fou ! S'écria Gabriel qui n'appréciait nullement les tournures d'interrogatoire et de révélations malsaines que prenait cette discussion !

- Calmez vous Monsieur Primae, laissez-moi vous expliquer. Voilà quelques mois, nous avons intercepté certaines informations faisant référence à un groupe de hauts scientifiques aux thèses particulièrement radicales. Aucun nom n'est apparu, à l'exception du vôtre et de celui de votre père. Ce sont les attaques portées contre vous et votre entourage qui nous ont permis de faire le rapprochement entre ces scientifiques et les attaques des sites. Nous pensons que ce groupe s'est formé suite aux nombreuses lois hautement restrictives de 2270. Elles ont en effet sévèrement réduit les libertés de la recherche fondamentale. Ces lois ont dû froisser et frustrer nombre de scientifiques... Votre père a sans doute tenté de s'opposer à la formation de cette bande d'extrémistes... Car sa mort reste particulièrement suspecte. Néanmoins nous pensons que votre père menait également des recherches qui, disons le, sortaient du cadre légal.

- C'est insensé commenta Gabriel.

- Ce document, le capitaine tendit à Gabriel une feuille glacée de couleur crème, fait référence à un rapport d'activité succinct de votre père concernant un test réussi et datant d'un peu plus de trente ans. L'identifiant du test est : 2DPS 338 G.P.2270. Comme vous le remarquez, il est formé à partir du code du projet OPTIMA GENOMA ainsi que de ce qui semble être vos initiales et votre année de naissance si je ne m'abuse... Monsieur Primae. »

Gabriel saisit le dossier, les mains presque tremblantes. Y figurait en effet la copie d'une fiche de protocole expérimental tout à fait classique. Tous les niveaux y étaient validés. Mais chose curieuse, le père de Gabriel en était le directeur, le contrôleur qualité ainsi que l'ingénieur exécutant en collaboration avec un certain Nemeck... Bref, le test G.P.2270 n'avait eu a priori aucun autre témoin.

« Vous ne trouverez aucune mention qualitative au sujet du test reprit le capitaine, si ce n'est qu'il concerne l'expression d'un gène. Lequel ? Nous n'en avons pas la moindre idée. En revanche y figure le nom de l'un des collègues de votre père, le professeur Harris Nemeck. C'est une piste. Nous le recherchons activement mais il semble n'avoir plus donné signe de vie depuis la mort de votre père. D'autre part, nous avons mis le monde scientifique sous surveillance, vous comprenez mieux maintenant la nervosité à peine voilée de ce chère professeur Mellos... Je suis sincèrement navré d'être aussi direct Monsieur Primae mais le temps presse. Je pense que cette expérience a été réalisée secrètement et donc que ce mystérieux groupe en ignore la nature, pourtant ils cherchent à vous éliminer... Pourquoi ? Nous n'en avons toujours pas la moindre idée...

- S'ils cherchent comme vous dites à m'éliminer, pourquoi cela n'est-il pas déjà fait ?! Demanda Gabriel.

- Je n'ai pas de réponse à vous apporter, peut-être veulent-ils simplement vous faire peur, comme je l'avais déjà évoqué, avant de... mais ils ont pu tout aussi bien changer leur plan, peut-être qu'au final vous veulent-ils vivant... ! »

Le capitaine garda un instant le silence pour que Gabriel puisse digérer ces informations, il espérait également d'éventuels et pertinents commentaires pour faire avancer son enquête... Il reprit :

« Monsieur Primae, je vous le demande instamment, car mon enquête en dépend j'en suis sûr, de quelle manipulation s'agit-il ? Le capitaine fixait maintenant intensément Gabriel et attendait une réponse.

- Je n'en ai pas la moindre idée !... Je ne sais pas !...

- Réfléchissez !

- Mais enfin ! Qu'est-ce que vous croyez, que je possède de quelconques super pouvoirs ?! C'est ridicule ! Gabriel jeta nerveusement le dossier sur la table.

- Ecoutez, je comprends que vous soyez déstabilisé, n'importe qui le serait, mais réfléchissez, c'est de la plus haute importance !

- Mais enfin, regardez-moi ! Je suis un simple chercheur, qui chaque jour déprime de vivre sur cette planète devenue artificielle ! Je ne supporte pas la foule et déclare sans cesse, à qui veut bien l'entendre, que j'ai honte d'appartenir à l'espèce humaine !

- Calmez-vous, je vous en prie, si aucune réponse ne vous vient pour le moment à l'esprit et bien nous patienterons, mais gardez ce problème en tête... Je vous en prie.

- Il y a juste une chose...qui n'a sans doute aucun lien mais qui lentement et pour je ne sais quelle raison, semble prendre de l'importance... Résolument de l'importance...

- Oui ! Je vous écoute ! Fit le capitaine proche du ravissement.

- Il s'agit toujours de cette vision hallucinatoire qui a précédé mon interpellation... Un animal a prononcé quelques mots : « Ku ! Ku no ku ! ». « Ku », en japonicae ancien signifie je crois, le « vide ». Et « Ku no ku » signifierait quelque chose comme le vide du vide ou le vide dans le vide...

- Et cela évoque t-il la moindre chose pour vous... ?

- Non pas pour le moment... Cela ne résulte d'aucun raisonnement logique, c'est plus une idée intuitive.

- Très bien, continuez à y penser et n'hésitez pas à me faire part de tout ce qui vous vient à l'esprit, même un simple détail peut avoir son importance. Je tente de dégoter un docteur es langues anciennes, on ne sait jamais…

- Très bien, mais pour le moment je souhaiterais être un peu seul, j'ai besoin de souffler…

- Pas de problème, je dois justement m'absenter quelques heures, en revanche l'agent Emani ne vous quitte pas des yeux. »

Le capitaine se leva et salua brièvement Gabriel. Il adressa quelques mots à l'intention de l'agent Emani puis quitta la propriété.

Gabriel, enfin seul, soupira profondément. Il plaça son holophone sur la table et composa un numéro. Il fixa son regard quelques secondes mais l'hologramme de Léna n'apparut pas.

Finalement, il se leva et rejoignit la large porte fenêtre qui s'ouvrait sur le jardin. Il aurait voulu fuir et oublier tout ça… Il sourit brièvement à cette éventualité car avant même d'avoir pu traverser le jardin, il le savait, Emani l'aurait sans doute plaqué et immobilisé… A ses pieds, Whisky le regardait d'un air interrogatif, prêt à tenter, lui, une évasion…

Finalement, pour toute évasion, Gabriel sortit sur la terrasse et s'assit un instant sur quelques marches. Cette aventure commençait à le fatiguer.

Mais moins d'une heure passa lorsque le capitaine réapparut subitement :

« On fonce ! J'ai pu vous trouver un historien, nous avons rendez-vous dans une demi-heure au palais des congrès dans la zone bêta. Il y a actuellement un séminaire qui réunit une flopée d'historiens, nous aurons l'embarras du choix ! »

Gabriel s'était un instant déconnecté. Il grogna en son fort intérieur devant l'apparition soudaine et bruyante du capitaine Cellini. Sans attendre, ils embarquèrent à bord d'une navette de type Titan.

« Et bien capitaine, je ne pensais pas qu'une réunion de professeurs, aussi nombreux soient-ils, puisse représenter une menace telle qu'il nous faille un vaisseau armé… !

- Disons que c'est avant tout défensif, il est doté d'un bouclier de dernière génération. »

15

Sans prérogative aucune, la navette aurait probablement tourné indéfiniment au dessus du vaste complexe ; le parking grouillait d'une multitude de véhicules multicolores et semblait ne plus offrir la moindre parcelle où se poser. Seul le signal émanant du véhicule officiel permit au vaisseau d'atterrir sur une place réservée à deux pas de l'entrée.

Cellini, Gabriel et Emani pénétrèrent dans le grand hall. Une multitude de petits groupes y discouraient dans un brouhaha assourdissant. Sans attendre, ils rejoignirent le point d'information. Le visage figé dans une expression affable, une charmante hôtesse y attendait le moindre séminariste en perdition. Non loin, un trio d'harangueurs pacifiques revisitaient au travers d'abondants commentaires, une obscure mais semblait-il, passionnante période de l'antiquité. Soudain, l'un d'eux, un petit homme potelé et grisonnant leur adressa de la main un salut enthousiaste. Le petit homme prit congé de ses acolytes et s'approcha en pointant vers Gabriel de petits yeux sombres et inquisiteurs. Mais c'est à Cellini qu'il s'adressa :

« Professeur Justin Renoir, enchanté !

- Capitaine Cellini, agent Emani ainsi que Monsieur Primae. C'est vraiment aimable à vous de nous recevoir, j'imagine que vous êtes très occupé avec ce séminaire…

- Non, non, il n'y a pas de problème !… En fait, votre demande est certes peu commune, mais fort intéressante !

Veuillez me suivre, nous serons plus tranquille dans l'une des salles, s'il vous plait…Par ici… »

Le groupe emprunta sans attendre l'une des colonnes gravitationnelles qui, en quelques secondes, les amena au cœur même des derniers étages. Mais là encore, les couloirs étaient largement encombrés de visiteurs. Le professeur hésita un instant, puis de nouveau les invita à le suivre pour les conduire finalement dans une pièce, certes petite et peu éclairée, mais où régnait un niveau sonore plus propice à une certaine intimité. Le professeur Renoir parut un instant surpris en remarquant l'agent Emani résolue à ne pas entrer mais à rester plantée, seule, derrière la porte. Mais pour autant, il ne posa aucune question. De toute façon, son attention était par trop sollicitée par l'objet de cette mystérieuse réunion.

« Bien, je vous écoute… dit-il impatient.

- Monsieur Primae, vous voulez bien… proposa Cellini.

- Et bien professeur… Nous souhaiterions savoir ce que peut signifier l'expression « Ku ! Ku no ku ! ». Pour ma part, j'ai imaginé quelque chose comme le vide du vide ou le vide dans le vide… dans un japonicae ancien assez approximatif.

- Mais c'est très correct, oui très correct ! En revanche, si cette expression fait bien référence à la culture extrême orientale, il est possible qu'elle fasse également référence à cet idéal de l'esprit tant recherché par certains religieux. Où avez-vous dégoté cette curieuse expression… ?

- Disons qu'il s'agit d'un rêve, une salamandre incandescente me l'a soufflée… !

- Vraiment, une salamandre ? Vous avez un esprit très imaginatif, Monsieur Primae… Serais-je plus versé dans les croyances divinatoires et hermétiques, je serais presque tenté d'y voir un message caché…

- Et quel serait-il professeur ? Intervint le Capitaine Cellini soudain tendu comme prêt à dégainer.

- Et bien… Vous dites que la salamandre était incandescente or dans la mythologie moyenâgeuse, cet animal était justement réputé survivre aux flammes. De nombreuses personnes y voyaient un signe d'invincibilité… Aussi, « Ku no ku », serait-il un message salvateur face à un quelconque danger… ?

- Poursuivez ! Déclara sèchement Cellini. Gabriel, lui, paraissait plus songeur et déjà presque ailleurs.

- Si vous avez quelques minutes, je vais chercher un livre qui traite de ce sujet, ne bougez pas !

Sans attendre de réponse, le professeur quitta la pièce, un peu surpris de tomber nez à nez avec Emani.

- N'est-ce pas étonnant Primae ?

- Quoi donc ? Ne me dites pas que vous croyez à ces fables ! D'ailleurs ces hallucinations n'ont probablement aucun sens ! Et puis un conseil, cessez d'encourager ce pauvre homme ou nous sommes bons pour passer la nuit au milieu de vieux bouquins poussiéreux !

A cet instant, le professeur Renoir poussa la porte. Un gros volume sous le bras, il affichait un sourire et une excitation quasi enfantine.

- Regardez-moi ça, une pure merveille ! Une édition originale de 2019 des *Demeures philosophales* de Fulcanelli !

Le vieil homme posa respectueusement l'ouvrage et l'ouvrit sur une gravure à peine colorée.

- Accrochez-vous car le style a plus de deux cents ans… !

Là, voilà :

« Salamandre, en latin, salamandra, vient de sal, sel et de mandra, qui signifie étable, et aussi creux de roche, solitude, ermitage. Salamandra est donc le nom du sel d'étable, sel de roche ou sel solitaire »... « La bête à feu transforme le lait de la vierge en Mercure commun, elle est adorée pour son pouvoir d'éteindre le feu de par son extrême froideur »

- Et ceci ! Poursuivit le professeur d'un ton surfait et presque craintif, comme si ces mots possédaient un quelconque pouvoir une fois énoncés à haute voix :

« Au monde de la terre d'où vous êtes, et d'où je suis, la bête à feu s'appelle salamandre, et l'animal glaçon y est connu par celui de remore. Or vous saurez que les remores habitent vers l'extrémité du pôle, au plus profond de la mer glaciale ; et c'est la froideur évaporée de ces poissons à travers leurs écailles, qui fait geler en ces quartiers-là l'eau de la mer, quoique salée. La plupart des pilotes, qui ont voyagé pour la découverte des pôles, ont enfin expérimenté qu'en certaine saison les glaces qui d'autres fois les avaient arrêtés, ne se rencontraient plus ; mais encore que cette mer fût libre dans le temps où l'hiver y est le plus âpre, ils n'ont pas laissé d'en attribuer la cause à quelque chaleur secrète qui les avait fondues ; mais il est bien plus vraisemblable que les remores qui ne se nourrissent que de glace, les avaient pour lors absorbées. Or vous devez savoir que, quelques mois après qu'elles se sont repues, cette effroyable digestion leur rend l'estomac si morfondu, que la seule haleine qu'elles expirent glace derechef toute la mer du pôle. Quand elles sortent sur la terre, car elles vivent dedans

l'un et dans l'autre élément, elles ne se rassasient que de ciguë, d'aconit, d'opium et de mandragore...Cette eau stigiade de laquelle on empoisonna le grand Alexandre et dont la froideur pétrifia les entrailles, était du pissat d'un de ces animaux. Enfin la remore contient si éminemment tous les principes de froidure, que, passant par-dessus un vaisseau, le vaisseau se trouve saisi du froid en sorte qu'il en demeure tout engourdi jusqu'à ne pouvoir démarrer de sa place. C'est pour cela que la moitié de ceux qui ont cinglé vers le nord à la découverte du pôle, n'en sont point revenus, parce que c'est un miracle si les remores, dont le nombre est si grand dans cette mer, n'arrêtent leurs vaisseaux. Voilà pour ce qui est des animaux glaçons. »

- Une chose étonnante est que l'on ne voit nul part mentionné ce talent exceptionnel de la salamandre à pouvoir régénérer un membre voire une partie d'organe ! Mais écoutez encore ceci :

« Toutes les fables nous racontent
Que la salamandre naît du feu,
En qui elle a la nourriture et la vie,
Ce qui lui a été donné en propre par la nature.
Or elle habite dans une profonde montagne
Devant laquelle brûlent de nombreux feux,
L'un plus petit que l'autre,
En qui la Salamandre se lave;
Le troisième est le plus grand, le quatrième le plus
éclatant de tous
La Salamandre les parcourt tous, et en eux elle est
purifiée.

De là elle se hâte vers sa fosse
Et dans ce trajet même, elle est prise et percée de coups,
De sorte qu'elle meure, et laisse écouler la vie avec son
sang.
Or de toutes façons, ceci pour elle aboutit à un bien,
Elle gagne par son sang une vie éternelle
Et ne peut plus périr d'aucune mort après celle-ci.
Son sang est ainsi la médecine la plus précieuse sur terre
Et on n'en trouve pas qui l'égale,
Car son sang chasse toute maladie
Dans tous les métaux, et dans les corps des animaux et
des hommes.
Les Sages y ont puisé leur Science,
Et par là sont parvenus au don céleste
Qu'on nomme Pierre des Philosophes,
A qui sont soumises les forces de tout l'Univers.
Les Philosophes nous donnent ceci par pure
bienveillance
Pour que perpétuellement nous nous souvenions d'eux.
La Salamandre vit dans le feu,
Et le feu l'a changée en une couleur excellente.
... »

16

Le lendemain matin Gabriel se réveilla la tête aussi lourde que la veille au soir. Le comprimé qu'il avait pris semblait ne pas avoir produit l'effet escompté. Il n'émergea que lentement et sans en connaître la raison, il lui revint à l'esprit cette question absurde du capitaine Cellini une fois qu'ils eurent pris congé du professeur Renoir :

« Primae… Etes-vous capable de régénérer un organe, un membre comme la salamandre ? »

Gabriel l'avait regardé un instant, espérant voir sur son visage de quoi lui laisser entendre qu'il s'agissait là d'une mauvaise plaisanterie, mais l'expression résolu de Cellini le poussa à répondre, dépité :

- Désolé, capitaine, je n'ai jamais eu de membre sectionné mais nous pouvons faire un essai… ! On pourrait aussi tenter de voir comment je résiste à une brûlure au laser… !! »

Mais à vrai dire, à cette heure matinale, il n'aurait pu jurer qu'il n'avait pas rêvé tout ça… Rêve et réalité semblaient encore s'entremêler étrangement dans son esprit, comme séparés par une frontière vaporeuse et indécise. Encore cette troublante frontière… Whisky, couinait comme si sa fin était proche et attendait les quatre pattes en l'air, qu'on veuille bien l'encourager afin d'affronter cette nouvelle et dure journée. Gabriel avait pu négocier une journée de repos et comptait bien en profiter pour se changer les idées. Mais deux heures plus tard il arpentait encore soucieux le jardin de la villa ; rien n'y faisait, il n'arrivait pas à joindre Léna. Il n'osait pas débarquer chez elle, de peur de la mettre en danger.

En début d'après-midi il se résolut à sortir pour marcher le long de la gigantesque avenue Novea Blue Star.

On pouvait s'étonner de voir une telle étendue linéaire que rien ne semblait pouvoir justifier si ce n'est les critères architecturaux des siècles passés. Aucune agitation particulière, ni galerie marchande, ni centre culturel, ni prestigieuse zone résidentielle. Il fallait lever les yeux pour découvrir que cette avenue n'était en fait que le reflet du large couloir aérien qui traversait la ville et dans lequel s'engouffrait un incessant flot de navettes. Le ballet de formes globuleuses justifiait plus que jamais le nom d'artère pour ces voies d'accès qui se ramifiaient à travers la mégapole comme un complexe et vital réseau sanguin. Gabriel se retrouva quasiment seul à déambuler sous l'imposant va-et-vient aérien (si l'on ne tenait pas compte de l'agent Emani qui le suivait en retrait de quelques mètres et de Whisky qui le précédait d'autant). Soudain il s'arrêta net et fixa ce qui pouvait paraître une construction désuète. Il aperçut de loin une large pancarte et déchiffra le mot « Zoo » stylisé de façon indéfinissable. Intrigué il s'approcha en courant, presque amusé à l'idée puérile de semer l'agent Emani. Entre de larges colonnes, une double porte marquait l'entrée. Il poussa l'une d'elle avec difficulté, un long grincement plaintif et inquiétant accompagna son effort. Finalement il déboucha dans un hall sombre et poussiéreux. Etrange ce zoo, abandonné pensa t-il, mais soudain une voix le fit sursauter :

- Bienvenue Monsieur, c'est tarif réduit aujourd'hui, je vous en prie, veuillez me suivre.

Un droïde l'accompagna jusqu'à l'extrémité du hall et encaissa le prix d'un billet. Gabriel descendit ensuite les quelques marches qui donnaient accès au parc. Immédiatement à sa gauche, un distributeur de nourriture lui rappela que la faim le tiraillait depuis près d'une heure. Il acheta ce qui devait être, ou du moins rappelait approximativement, un sandwich au jambon. Whisky lui tourna aussitôt autour, la truffe en alerte. Gabriel emprunta le chemin balisé de la visite et approcha les premières cages en plexi-carbone où des oiseaux magnifiques restaient perchés et immobiles sur des branches mortes. Un instant, Gabriel fut saisi du doute, que, peut être, ils fussent tous empaillés tant leur immobilité était parfaite. Plus loin, le quartier des primates présentait des espèces non moins surprenantes mais toutes éteintes, du moins en milieu naturel. Le clonage avait constitué leur ultime salut et leur permettait de survivre tels des fossiles vivants. Gabriel y voyait un rappel déprimant de la destruction des espaces naturels primaires. Finalement, il sympathisa avec un petit singe araignée qui lui adressait des sourires angoissés et tentait vainement de lui saisir la main à travers la structure transparente. Plus loin Gabriel dépassa un groupe d'écoliers et arriva dans le quartier des félins. Curieusement, la plupart des cages semblaient anciennes et arboraient de solides barreaux en carbone. Ces anciens grands prédateurs, faits pour les grands espaces, étaient maintenant parqués et restaient couchés là, la tête perdue entre leurs pattes pour la plupart. D'autres, complètement névrosés, tournaient en rond dans une gestuelle compulsive, comme prisonniers d'une danse hypnotique sans fin.

Lorsque qu'on croisait leur regard, on y percevait un vide total, une véritable absence de vie. Chez certains persistait malgré tout un reste de conscience animale, mais ils offraient un regard non moins insoutenable. On y lisait une tristesse infinie. Gabriel se laissa malgré tout captiver par un splendide léonidé, son attitude dénotait de celles des autres félins. Ce seigneur était debout, le torse bombé et fier, le regard vif mais perdu dans le lointain. Gabriel s'approcha et tenta de croiser son regard, mais en vain. Pour attirer son attention il céda à ce réflexe puéril de qui est face à un animal, il lui lança de la nourriture, en l'occurrence un morceau de jambon. Le léonidé resta imperturbable. Finalement, un moineau se posa et emporta l'offrande. Il y a quelque chose de pourri en ce royaume pensa Gabriel, déconcerté. Mais les yeux du fauve le captivèrent de nouveau. Il n'aurait su comment le dire mais bizarrement cet animal paraissait heureux, le visage paisible, le regard contemplatif. Son esprit semblait perdu dans des songes lointains, des sortes de réminiscences ataviques que lui auraient transmises ses ancêtres. Il semblait rêver éveillé d'espaces sauvages où les plaines sont vastes, presque infinies, où le vent est chaud et chargé des odeurs enivrantes des troupeaux innombrables. Toutes ces sensations sont nouvelles pour lui, déroutantes même. Mais peu à peu, son instinct, hérité de ses ancêtres, se réveille en lui et bientôt embrase tout son corps. Soudain, il découvre sa famille qui l'entoure, les petits jouent à quelques mètres, les adultes dorment à l'ombre d'un arbre solitaire. Son regard est fier et chargé de noblesse, alors une certitude le saisit, cette terre est sa terre, son domaine pour la vie, rien ni personne ne la lui prendra, il en est sûr à présent. Gabriel observa peiné le bel animal qu'on avait privé de sa vie et dont l'esprit s'était évadé pour ne pas sombrer dans la même folie que celle de ses congénères. Peut-être son esprit était-il parti pour toujours. Gabriel le souhaitait. Et comme s'il avait eu peur de le réveiller, Gabriel s'éloigna sur la pointe des pieds. Plus loin il ne prêta guère attention aux autres animaux, il adressa tout au plus un regard aux ancêtres de Whisky, puis traîna les pieds jusqu'à la sortie. L'agent Emani l'y attendait. Soudain il songea à son animal à lui. Il se retourna inquiet et le chercha du regard. Mais son petit fauve apparut de lui même quelques secondes plus tard la fourrure pleine de paille et l'air ravi de son escapade. Gabriel espérait simplement qu'il n'avait pas mis fin à quelque espèce de poule ou il ne savait quel autre animal. Tous trois quittèrent finalement le vieux musée poussiéreux et pourtant toujours vivant. Un triste lieu qui n'intéressait plus personne, tant il était éloigné des préoccupations humaines. C'était un monde étranger à présent, un vestige du passé comme le devient une civilisation disparue ou un parent éloigné de plusieurs générations.

17

Désert rocheux de la déesse Ifri, Africae.
Il y a quelques mois.

« Stella, tu as pu refaire une datation…?

- Yep !

- Et je suppose que…

- Yep !

- … le professeur Semons débarque dans moins d'une heure et on va se faire tuer… !

- Yep !

- C'est manifestement une erreur de notre détecteur isotopique ; comment un crâne humain pourrait avoir 450 millions d'années ! Y avait même pas de vie sur terre à cette époque… ! Et pourquoi j'ai envoyé les résultats au professeur moi ?!

Comme pour le « rassurer », Stella ajouta :

« Il aurait tout aussi bien pu nous insulter en répondant à ton message, mais non, il débarque en navette. C'est sûr, il va nous A-TO-MI-SER ! »

Lorentz la regarda, le visage complètement défait :

« En ce jour, je déclare officiellement la triste fin de nos carrières d'anthropologues… Dis ? Je pourrais peut-être reprendre la peinture… ? »

A ces mots, quelques exclamations se firent entendre au dehors. Stella et Lorentz se regardèrent un instant puis sortirent de la tente, sans un mot.

C'était la fin de journée mais la température restait éprouvante. Au moins la tempête de sable était bel et bien finie. Dans le ciel encore ocre, une navette était en vue et approchait lentement.

Tout excité, le responsable de la logistique pointa le véhicule du doigt et annonça à Lorentz :

« Le professeur Semons arrive !

- Merci, j'avais pas remarqué ! Puis en aparté à Stella :

« Et merde, il est déjà là... C'est le moment de faire ton plus beau sourire ma très chère future ex collègue... ! »

La navette se posa un peu à l'écart, près de la tente où tout le matériel de fouille était entreposé.

Un homme rondouillard descendit les quelques marches et fut immédiatement accueillit par le docteur Manson.

Le professeur Semons était distant d'une bonne trentaine de mètres, mais Lorentz en était persuadé, il les fixait tout deux du regard sans prêter attention aux propos mielleux de se lèche c... de Manson.

Stella finit par lâcher :

« Bon allez, go ! »

Inconsciemment, les deux condamnés traînaient des pieds, comme pour retarder la terrible entrevue.

Lorsqu'ils furent à moins de dix mètres, le professeur leva la main comme pour interrompre la discussion. Il se dirigea aussitôt vers les deux chercheurs.

« Docteurs Stella et Lorentz De Monfreid, n'est-ce pas ? Enchanté ! » s'exclama le professeur au comble du ravissement.

Les deux condamnés n'échangèrent aucun regard, mais la même pensée leur traversa l'esprit : le professeur était connu pour son sourire, mais c'était un sourire de pure autosatisfaction. Et son contentement était bien souvent proportionnel à la colère qu'il pouvait manifester envers autrui. Pourtant… :

« Votre découverte est tout bonnement passionnante !

Les deux chercheurs se regardèrent cette fois, et tous deux se laissèrent aller à croire à l'impensable.

Lorentz serra la main du professeur sans vraiment y croire et articula :

« Voulez vous voir le crâne, Monsieur ?

- Le crâne ? Pas du tout ! Quelle idée !! Par contre, je tiens absolument à voir l'endroit où vous et votre charmante femme l'avez découvert ! Allons-y sur le champ, voulez vous ? »

Cette dernière ne releva même pas ce sexisme à peine voilé, ni le regard appuyé du professeur. Elle était bien trop ravie d'échapper à la guillotine, elle ajouta :

« Oui en effet, nous avons découvert ces restes dans une roche très particulière. Elle est sans doute unique ou extrêmement rare dans la mesure où sa signature géologique nous échappe totalement… Monsieur. C'est comme découvrir un OVNI dans un champ de patates ! »

Lorentz fronça les sourcils et serra les dents.

Le professeur stoppa net :

« Un champ de patates… ! Un champ de patates… ? Vraiment ? Ha ha ! Très drôle, j'aime vraiment ! Champ de patates ! J'adore les patates ! C'est charmant ! »

Les visages des deux miraculés se décrispèrent. Lorentz poussa un soupir de soulagement en prenant la main de sa femme. Le cœur léger, ils suivirent le professeur jusqu'à sa navette.

18

Le soir venu, Gabriel rejoignit sa prison dorée. Un appel de Léna le guérit de sa profonde mélancolie.

« J'ai tenté plusieurs fois de te joindre Léna, j'étais vraiment inquiet… !

- Ecoute, je suis désolée mais j'ai eu tellement de boulot ces dernier jours, j'ai pas eu une minute à moi. Je t'en prie, pardonne moi.

- Allons Léna, il n'y a pas mort d'homme, ce n'est pas si grave, tu sais, c'est juste que je m'inquiète avec tous ces événements.

- Et bien rassure-toi je vais très bien, je suis juste très fatiguée.

- Pourquoi tu ne laisses pas tomber ce boulot, ils t'en demandent trop…

- Je sais, je sais, mais pour le moment, c'est pas possible… vraiment pas possible, je t'expliquerai mon chéri. »

…

A minuit, Gabriel ne dormait pas. Ni même à deux heures. Inlassablement, d'étranges émotions l'envahissaient. Un grain de sable gênait les rouages de son esprit. Intuitivement il sentait qu'une question lui était posée, une question lourde et profonde mais aux contours mal définis. Une question sans logique apparente ou du moins qui rebute l'esprit. Une question qui exige une réponse fatale et définitive.

« Ca n'a pas de sens ! » Dit-il à voix haute avant de fermer les yeux. Dans le sommeil il espérait chasser ces idées troublantes et goûter à un peu de quiétude. Mais cette nuit là, Gabriel fit un rêve étrange, un rêve sombre et glacial comme le fond de l'océan, un rêve qu'il oublierait pourtant à son réveil. Un homme qu'il ne connaissait pas lui demandait sans cesse d'un ton grave :

« Quelle est votre réponse Gabriel ? Que décidez-vous ? Il faut faire un choix, vous le savez... » Puis ce fut le tour du léonidé d'apparaître, il lui dit simplement :

« Tôt ou tard tu auras à faire cet ultime choix ! Gabriel ?... »

A huit heures du matin, il put s'offrir le luxe d'un petit déjeuner dans le jardin. Suffisamment reposé, il fut en mesure d'accueillir aimablement le capitaine Cellini qui arriva sous les coups des neuf heures. Lui-même semblait d'assez bonne humeur. Tous deux avaient, d'une certaine façon, passé la même nuit d'interrogation. Une nuit qui voit se cristalliser les craintes et les angoisses plus ou moins conscientes, mais que la clarté du matin vient dissoudre et balayer comme un souvenir lointain. Gabriel s'était remémoré un poème :

« Sans plus de trace des rêves de la nuit, le jour s'est levé et de l'averse que j'ai entendue cette nuit, à y regarder ce matin, ne reste plus que le vent dans les pins ».

« Primae ! Comment allez-vous ! Cria presque le capitaine. Cette journée d'hier vous a fait du bien... ?

Malgré cette gifle de décibels, Gabriel répondit par un sourire bienveillant. Un sourire à peine terni par cette

déception de n'avoir pu partager cette journée avec Léna...
Léna pensa t-il un instant le regard dans le vague.

- Primae !

- Oui ! Je... Bafouilla Gabriel. Désolé, j'étais ailleurs, je vous écoute.

- Nous avons arrêté le professeur Mellos, vous vous souvenez, doc es SNAMO ?

- Mellos ! Sans blague et pour quel motif ?

- A vrai dire aucun, c'est un coup de poker. Le sujet m'avait l'air louche et psychologiquement assez fragile, il fallait en profiter. Mellos s'est cru protégé par une sorte d'immunité tacite eu égard sa fonction et son rattachement à l'armée, mais il a rapidement constaté que le sol se dérobait sous ses pieds. Une de mes équipes l'interroge actuellement et cela semble assez prometteur, il a déjà fait allusion à ce groupe de scientifiques, cette sorte de société secrète dont les buts restent pour le moment encore assez flous ... Mais je suis sûr qu'il trempe là dedans.

- Vous pensez vraiment qu'un groupe de professeurs et autres docteurs es je-ne-sais-quoi puissent être responsables de tous ces événements ? Pour ma part, je n'arrive pas à croire à la thèse d'une armée de papis partant en croisade armés de tubes à essai et de pipettes !

- Et armés de la SNAMO... ? Rappelez-vous ces lois anti-eugéniques, de nombreuses unités de recherche ont dû fermer, rappelez-vous ces manifestations sur toute la planète. Il est certain que cela a dû froisser l'amour propre d'un paquet de professeurs émérites jouissant d'un statut particulier du fait de leurs recherches. Dans certains cas, l'ego peut s'avérer un puissant catalyseur et parvenir à transformer même un paisible chercheur en un être redoutable, croyez-en mon expérience de criminologue.

- Je vous l'accorde, là-dessus j'ai quelques lacunes ! »

19

Forêt équatoriale, Americae - Il y a quelques semaines.

L'ascenseur filait à une vitesse vertigineuse et s'enfonçait toujours davantage dans les entrailles de la Terre.

Malgré son équipement, le professeur Markusi était au supplice : il ne respirait pas, il suffoquait. Sans parler qu'il était claustrophobe.

Dans ce volume restreint, les conditions étaient en effet difficilement compatibles avec la vie humaine : la température dépassait les quarante cinq degrés Celsius et l'air était saturé d'humidité.

Le professeur Dwight, lui, patientait stoïquement dans cet espace confiné et semblait aussi détendu que l'ouvrier qui les accompagnait.

Alors qu'elle ne semblait ne jamais vouloir s'arrêter, la cabine ralentit enfin. Il s'écoula néanmoins encore de longues minutes avant qu'elle ne s'arrête définitivement.

La porte s'ouvrit enfin mais laissa s'engouffrer une atmosphère encore plus détestable. En sortant, ils firent immédiatement face à un nouvel ascenseur. Le professeur Markusi fut pris d'un malaise. Mais cette faiblesse se dissipa aussitôt lorsque leur guide les invita à le suivre et bifurqua vers un étroit couloir. Les parois étaient brûlantes et ruisselaient d'une eau saturée de soufre et de fer oxydé.

L'ouvrier fit plusieurs courtes haltes lorsque le sol tremblait ou qu'un grondement sourd se faisait entendre.

Sans doute par superstition supposèrent les deux scientifiques.

Peu à peu, le couloir se transforma en un véritable labyrinthe. Seules quelques languettes lumineuses collées au plafond évitaient de se perdre et de finir comme poché à la vapeur.

Ils débouchèrent enfin dans une vaste cavité confortablement éclairée. Un lourd équipement occupait une bonne partie de l'espace et sur l'une des parois rocheuses, un minerai argenté faisait saillie.

Le professeur Dwight s'adressa à son collègue :

« Voici du Dwightorium, un nouvel élément que j'ai identifié... Il n'est présent sur cette Terre que dans cette zone et sur seulement une centaine de kilomètres carrés. Plusieurs sites comme celui-ci ont dès lors été découverts. Je vous charge de tous les répertorier ; un jeu d'enfant avec la signature atomique de l'élément et compte tenu de ses propriétés électromagnétiques. Cet élément a ceci de remarquable : aucune action physico-chimique connue sur Terre ne peut en expliquer la formation... ! Il est pourtant d'origine terrestre...Je suis formel sur ce point !

- Ah vraiment ? Crut bon de commenter le professeur Markusi.

- Il faut en effet libérer une énergie colossale pour en réaliser la synthèse ! Cet élément n'avait pu être observé jusqu'à présent que sur certains planétoïdes ayant résisté à l'explosion d'une supernova... De plus, mes premières mesures indiquent que la formation de cet échantillon terrestre a eu lieu il y a près d'un demi-milliard d'années...

En d'autres termes, un événement faisant intervenir un niveau d'énergie tel qu'il aurait dû réduire notre planète en poussière s'est produit ici il y a cinq cent millions d'années. Il n'a laissé aucune trace si ce n'est ces quelques artefacts métalliques.

A ce stade très cher professeur Markusi, vous vous posez je pense la même question que moi… ?

- … »

A défaut d'être intelligent ce dernier se mit en devoir de paraître aimable et composa une ébauche de sourire à défaut d'une réponse.

Le professeur Dwight fut satisfait, non content de le rabaisser il put donner libre court au profond mépris que lui inspirait son collègue : son regard froid devint glacial, son indifférence devint condescendance.

Il conclut :

« Et bien, si cette énergie n'a pas détruit la planète, à quoi diable a-t-elle bien pu servir ?! »

20

« Maître, maître… implora aussi respectueusement que possible, un jeune homme encore essoufflé par sa course.

- Quoi encore ?! Résonna une voix. J'ai pourtant exigé de n'être dérangé sous aucun prétexte ! Vous le savez nom de d… ! Je dois impérativement terminer les derniers réglages !

- Maître… c'est que… Nous avons retrouvé Primae…

- Hum… Primae, bien, très bien. Réunissez immédiatement le conseil. Prévenez Markusi et Dwight, je vous rejoins dans quelques minutes, juste le temps de… ».

Le jeune homme n'attendit pas les derniers mots du vieil homme et se volatilisa sans un bruit.

De nouveau, « le maître » disparut dans les entrailles métalliques et ronronnantes d'une imposante machine. Et dans l'intimité métallique, un rire nerveux à peine étouffé se fit entendre.

« Personne ne m'arrêtera, personne ! Pas même toi Primae, ignorant pourceau ! Je t'aurai comme j'ai eu ton père… Là, voilà, ça devrait aller. » Prononçant ces mots le maître réapparut et contempla avec une fierté narcissique le dôme argenté de sa machine dont le sommet se perdait dans l'obscurité inquiétante de la vaste pièce. L'homme gonfla ses poumons de satisfaction. A cet instant, une vibration opalescente parcourut la paroi métallique puis se concentra au niveau du dôme avant de se dissiper telle une fragile aurore boréale. Le maître n'en doutait pas un seul instant, sa créature le comprenait, lui répondait et partageait sa joie macabre. Une extase le submergea alors qu'il quittait la pièce, une extase à laquelle se mêla bientôt un sentiment de puissance inégalée et oh combien légitime pensa-t-il.

C'est donc d'excellente humeur qu'il entra dans la salle du conseil. Ses fidèles lieutenants Markusi et Dwight interrompirent leur discussion.

« Bien, je vous écoute, Professeur Dwight… ? »

L'homme émacié et passablement âgé se leva d'un geste lent et assuré. Son regard était noir et pénétrant. Il entendait rappeler à tous qu'il était le numéro 2 dans cette organisation, même s'il se considérait bien plus comme un numéro 1bis. Après quelques secondes de réflexion il articula :

« Concernant l'enquête menée par les services secrets et les services de police, tout se déroule comme prévu. Nos différentes actions ont semé une vraie pagaille ; les pistes actuelles ne visent en aucun cas notre mission. Concernant cette dernière, le laboratoire d'analyse du département de géologie de la base alpha a été entièrement détruit. J'ai sous la main tous les dossiers relatifs à leurs dernières recherches. Elles confirment les nôtres. Nous avons également la pièce archéologique mise à jour par les équipes du Professeur Semons, en l'occurrence un crâne humain quasi semblable à celui que nous avons découvert. Les premières analyses radio isotopiques permettent également de dater l'objet à plus de 450 millions d'années ! Or je le rappelle, la vie est censée avoir émergé des océans au même moment ! Ceci nous amène à conclure à l'impensable : il y a eu une évolution avant la nôtre ! Des êtres humains nous ont précédés ! »

Tous échangèrent des regards stupéfaits et victorieux puis se félicitèrent les uns les autres. Le maître affichait sa satisfaction. Seul Dwight restait imperturbable et d'un flegmatisme déconcertant. Il reprit :

« Enfin, je tiens à préciser que tous les documents des différents laboratoires sont en notre possession ou ont été détruits. Nous devons être les seuls à posséder ces découvertes ! Personne ne doit arriver à la même conclusion que nous. La préexistence d'un cycle évolutif est une donnée capitale. Aussi je ne m'éterniserai pas à vous préciser que j'attends de votre part la plus absolue discrétion. Est-il besoin de vous expliquer ce que je réserve aux imprudents ? »

Le professeur Dwight marqua une pause et parcourut la salle du regard, mais aucun ne prit le risque de lui rendre la politesse. Il reprit alors :

« Bien ! Si le message est clair... C'est parfait ! Concernant mes activités, mes dernières recherches menées conjointement avec le professeur Markusi ont permis de mettre en évidence la libération d'une énergie colossale juste avant notre évolution. Cette énergie a été baptisée « little bang » et est sans aucun doute responsable du passage d'un cycle évolutif à l'autre !

De façon plus générale, ma théorie est la suivante : ce « little bang » n'a pas été uniforme et a laissé deux types d'artefacts :

Le premier sous la forme d'un nouveau minerai, le Dwightorium, correspond au niveau d'énergie maximum. Un seul endroit sur Terre a été identifié, il s'agit de l'épicentre de la libération d'énergie.

Le deuxième type d'artéfact correspond à des niveaux d'énergie faible voire quasi nulle. A ces endroits, car il en existe de multiples, les traces de l'ancien cycle évolutif n'ont pas totalement disparu… C'est là que nos équipes et celle du professeur Semons ont mis à jour ces crânes à la datation si improbable ! »

De timides applaudissements ordonnés firent le tour de la table puis s'amplifièrent pour bientôt se transformer en triomphe. Mais l'ego démesuré du professeur resta imperturbable : qu'avait-il à faire du claquement de mains et de l'agitation de sous-fifres aux Q .I. quasi insignifiants. La seule gratification qu'il considéra fut un léger signe de tête du « maître ».

Le professeur reprit :

« La zone précise de l'épicentre sera bientôt identifiée et la technologie associée sous notre contrôle puisque, nous en sommes convaincus, le phénomène n'est pas d'origine naturelle. Mais notre plus grande crainte résulte de l'étude des travaux et des documents du professeur Primae… Il semble en effet qu'un nouveau cycle évolutif se prépare… Son propre fils semble impliqué dans ce processus, de quelle façon ? je dois avouer que nous l'ignorons pour le moment. Son rôle reste flou. Mais celui-ci est sous notre surveillance et sera sous peu interrogé, puis éliminé le cas échéant.

- Merci professeur Dwight, conclut le « maître », excellent travail. C'est tout bonnement remarquable, mais… je dois malheureusement vous apporter à tous une mauvaise nouvelle : le professeur Mellos a été arrêté ».

Il pointa son regard vers le professeur Markusi qui commenta aussitôt :

« les dispositions ont été prises maître !

- Très bien, enfin pour terminer, j'ai la joie de vous annoncer que ma petite machine est bientôt prête et ronronne d'impatience ! Nous allons mettre une sacrée pagaille ! Cela devrait brouiller les pistes plus encore et occuper pleinement les forces de l'ordre. »

21

Le capitaine Jean B. Cellini observait le suspect au travers de la glace sans tain, lorsque le directeur de la sécurité intérieure Helena Gudmundsdottir, le rejoignit.

« Vous pensez qu'il va craquer ? » demanda t-elle

- sans doute…

Le professeur Mellos s'agitait sur sa chaise tout en cherchant à masquer, en vain, un état de nervosité extrême.

- Je le souhaite vivement Capitaine, nous devons impérativement obtenir des résultats et au plus vite ! Les événements vont s'accélérer, j'en ai l'intime conviction… Allez-y, vous avez carte blanche ! »

Le capitaine entra dans l'arène.

« Bonjour professeur Mellos !

- Ah capitaine ! Enfin j'ai été suffisamment coopératif il me semble… Je ne comprends pas… Enfin, dites leur que… »

Le capitaine ne prit pas le temps de s'asseoir et frappa violemment du point sur la table, le professeur sursauta en poussant un cri aigu.

« Professeur, je veux des noms, vous ne m'avez pour le moment donné que des bruits de couloir ! Nous en savons beaucoup plus que vous ne pourriez l'imaginer hurla le capitaine, nous connaissons votre projet !

- C'est impossible ! Impossible ! Cela fait appel à des connaissances scientifiques de premier plan qui dépassent votre compréhension !

- Ainsi vous savez de quoi il s'agit ! Cessez de jouer professeur ! Nous avons fait nos recherches et bien que vous soyez reconnu comme le spécialiste de la SNAMO vous aviez de nombreux collègues, qui est derrière tout cela ?! »

Le capitaine déroula une liste :

« Le professeur Grant ? Lead ? Kant ? Deleuz… ?

- Pro…pro..professeur… bégaya Mellos.

- Professeur Mellos !! Je veux un nom !! »

Le professeur enfouit sa tête entre ses bras et se mit à gémir, sa plainte se transforma peu à peu en un rire sinistre et lugubre… Le capitaine perdit patience et de nouveau frappa violemment la table. Le professeur ne réagit pas.

« Professeur, si vous ne réagissez pas je vous renvoie en cellule et croyez-moi, compte tenu de votre âge et des éléments à charge, vous ne ressortirez pas vivant de prison ! A moins d'une totale collaboration vous êtes foutu ! »

Après un long silence le capitaine appela :

« Garde ! Un agent armé entra immédiatement.

Au même moment le professeur se leva et courut tête baissée vers le mur du fond. Un son mat résonna. Le capitaine observa, pétrifié, le professeur s'effondrer mollement sur le sol.

22

Gabriel regardait l'avenue en contrebas sans conviction aucune, la tête lourdement appuyée contre la vitre panoramique de la navette. Voilà près d'une heure qu'il survolait la mégalopole bercé par le doux ronronnement du véhicule. L'agent Emani, assise à ses côtés, n'était pas plus portée sur l'échange verbal que d'habitude, mais en cet instant, cela convenait parfaitement à Gabriel. Le ciel était d'un bleu profond et un soleil aveuglant inondait les rues.

Mais soudain Gabriel se redressa, à chaque coin de rue apparut en holovision la présentatrice de la chaîne officielle, il ne pouvait s'agir que d'un flash de la plus haute importance.

« Agent Emani, regardez en bas ! »

Il reçut une tape sur le bras pour seule réponse, il leva la tête surpris. L'agent pointait du doigt l'avant du véhicule. A hauteur du tableau de bord la même image était visible, la voix annonça :

« Citoyens, plusieurs villes sur la planète connaissent actuellement des scènes de paniques d'une gravité sans précédent. De nombreux accidents ont été signalés causant un nombre incalculable de victimes. A cet instant, aucune cause n'a été identifiée. L'armée a été placée en état d'alerte. Vous pourrez entendre dans quelques minutes l'allocution du Président Harvey J. Keroua, mais pour le moment rejoignons nos reporters en direct de … »

Les images apparurent en direct avec au premier plan une jeune reporter terrorisée.

« Mon dieu… » articula simplement Gabriel.

Les rues laissaient voir de nombreux véhicules accidentés, d'autres s'entrechoquaient encore dans un fracas terrifiant. Des fenêtres, des buildings, tombaient toutes sortes d'objets au loin.

Soudain plusieurs corps s'écrasèrent près de la journaliste. La retransmission fut coupée net.

« Au siège vite ! » hurla l'agent Emani. En état de choc, Gabriel ne réalisa pas qu'il entendait sa voix pour la toute première fois.

« Halte ! Vos badges s'il vous plait ! » demanda sèchement un droïde à l'entrée du bâtiment. Formule de politesse bien désuète pour annoncer qu'il avait déjà scanné les dits badges, pensa Gabriel. L'agent Emani crut néanmoins bon de préciser :

« Agent Emani Matricule GA231, nous sommes attendus d'urgence »

- En effet, veuillez suivre l'escorte vers le bureau central !

A ces mots un petit robot à roulette fit irruption et les conduisit au fond du hall. Ils s'engouffrèrent aussitôt dans un large ascenseur qui les propulsa au tout dernier étage.

Un groupe armé les accueillit. Gabriel remarqua non sans déplaisir qu'il était cette fois-ci essentiellement composé de chair humaine.

Il crut enfin opportun de demander à l'agent Emani, mais sans grand espoir de réponse :

« Et… Nous allons voir qui exactement… ?

- Capitaine Cellini et le directeur de la sécurité intérieure. »

L'agent Emani marchait au pas de charge et Gabriel la suivait maladroitement avec une motivation proche de zéro. Il ne se sentait clairement pas à sa place. C'était comme se retrouver au beau milieu d'une pièce de théâtre dont on ne connaît pas même le titre, peu à peu les autres acteurs se tournent vers vous et attendent votre réplique !

Finalement, ils pénétrèrent tous deux dans une salle de réunion des plus banales. Elle n'était en effet pas vraiment imposante et ne contenait qu'une simple table entourée de tout au plus une dizaine de chaises. Le capitaine Cellini était présent ; dans un coin de la pièce, il échangeait des propos on ne peut plus sérieux avec un homme en costume sombre. Mais il remarqua rapidement Gabriel et le salua. A cet instant la porte s'ouvrit derrière lui :

« Bonjour Gabriel… »

Celui-ci se retourna et resta sans voix un long moment avant de pouvoir enfin articuler :

« Léna ! »

Juste à côté d'elle un secrétaire corrigea cet écart au protocole en annonçant :

« Madame Helena Gudmundsdottir directeur de la sécurité intérieure ! »

Gabriel n'y prêta pas attention :

« Tu es…

- Oui Gabriel, mais nous en reparlerons plus tard si tu le veux bien, nous devons pour le moment nous concentrer sur les attentats qui touchent de nombreuses villes et aborder avec toi certains points. Bien, Messieurs, mettons-nous immédiatement au travail ! »

Chacun prit place autour de la table, un agent présenta une synthèse des différents rapports ainsi que les principales pistes qui devaient permettre d'identifier et de localiser les responsables des attentats. Sur le mur, de nombreux documents défilaient :

schémas, diagrammes organisationnels, tableaux synthétiques, analyses de data mining et enfin les profils des différents protagonistes.

Soudain, Gabriel qui s'était un peu assoupi, s'exclama devant la large photo d'un homme quelque peu âgé :

« Je le connais ! Je l'ai vu il y a peu lorsque je prenais un verre avec le capitaine dans un bar ! Mais… je suis sûr de l'avoir déjà rencontré… »

A l'écran apparut le portrait d'un homme grand et svelte, la tignasse grisonnante avec un étrange chapeau de cow-boy sur la tête.

Suite à l'exclamation de Gabriel, l'agent s'était tu, c'est Helena qui commenta :

« Il s'agit du professeur Michel Nemeck le principal collègue et ami d'Hadrien Primae précisa t-elle. Puis sur un ton plus posé elle ajouta : il a disparu de la circulation peu après la mort de ton père... Il nous a fait parvenir certains éléments cruciaux qui nous ont permis de remonter au Professeur Kant, le principal suspect dans cette affaire. Mais nous aimerions l'interroger directement, il pourrait nous aider à localiser Kant et t'apporter sans doute quelques réponses…

- Pas la peine, je sais où se trouve le professeur Kant coupa Gabriel.

- Quoi ?! Tu es sûr ?!

- Oui, enfin presque, attendez... j'ai l'esprit un peu confus, mais certains éléments me reviennent en mémoire... Mon père...Mon père faisait partie d'un club très fermé de scientifiques... Une sorte de société intellectuelle, ils menaient des recherches... Lorsqu'il se rendait là-bas, mon père parlait de l'île de Kant, je me souviens... Sans doute une île privée, proche de ...

- Oui Gabriel... ?

- ... Ca ressemblait à Rork ou Gork...Mon père me ramenait des pâtisseries de là bas, une spécialité locale...

- Kork !! Kork Marinae ?!! Coupa le capitaine Cellini.

- Oui ! C'est ça ! Oui ! S'illumina Gabriel.

- Parfait ! reprit Léna, capitaine, envoyez trois unités droïdes là-bas et pas un seul humain c'est compris ?! Ils doivent disposer de générateurs de secours, mais faites neutraliser toutes les arrivées d'énergie !

- A vos ordres Madame ! »

A l'écran, l'agent avait projeté la photo du professeur Kant comme pour accompagner et illustrer les derniers propos. On y voyait un homme en blouse blanche qui tenait un verre à la main. Cette photo devait remonter à une vingtaine d'année et avait été prise lors d'une quelconque célébration, peut être une promotion ou une découverte. Elle montrait également deux autres chercheurs. Chacun semblait quémander une faveur, sans doute l'insigne honneur de trinquer avec le professeur.

Ce dernier était souriant et plutôt avenant ; dans ses yeux brillait encore une certaine joie de vivre. Gabriel se demanda alors ce qui avait bien pu transformer cet être humain en un véritable monstre.

Les drones filaient à toute vitesse au dessus de la mer en direction de l'île. Sur les écrans, les images rappelèrent bientôt qu'il s'agissait en fait d'une presqu'île de quelques kilomètres carrés, reliée au continent par une mince bande de terre.

« Cible atteinte Capitaine, les drones sont montés à trois cents mètres et survolent la zone ! Attendons vos ordres. »

- Nous allons effectuer une premier survol, explorez l'île et tâchons de voir si quelque chose sort de l'ordinaire...

Le cadre était idyllique, l'île était verdoyante et possédait même quelques espaces boisés et de nombreux pins maritimes. Un manoir imposant occupait la partie est. Les drones zoomèrent sur plusieurs zones.

« Rien de suspect à première vue, la demeure d'une riche famille... » commenta le capitaine.

- Rien à signaler capitaine en effet, de plus nous ne détectons aucune activité électrique ou organique...

- Attendez, je vois plusieurs chemins qui mènent à la propriété, mais où mène celui-ci... ? Veuillez agrandir l'image... là oui... Il se perd dans cette pinède... Là un bâtiment...camouflage holographique !

- Capitaine, c'est plutôt courant pour ce type d'installation...

- Avec des bouches d'aération... ? Une, deux...trois !

- Là une quatrième capitaine, il y a une construction souterraine... !

- Yep et pas des moindres !

Au même moment la directrice entra dans le bureau et annonça furieuse :
« Nous avons enfin les autorisations pour perquisitionner !
- Parfait ! Unités D4, investissez les lieux ! Go ! Fouillez-moi les lieux de fond en comble !
- Reçu capitaine !"
Moins d'une minute après le signal, trois navettes se posèrent sans ménagement sur l'île. Sur les écrans une masse grouillante de droïdes surgit aussitôt des flancs. Une première unité se dirigea vers le manoir, les deux autres vers le bâtiment camouflé. Les droïdes pénétraient dans le somptueux édifice.
« Là, une explosion ! S'écria la directrice.
- Les droïdes ont dû forcer l'entrée du bâtiment commenta le capitaine. Sergent, basculez sur les caméras droïdes embarquées !
- A vos ordres capitaine !

Une fumée dense obscurcit immédiatement les écrans. Avant même de passer en vision infra-rouge, la visibilité s'améliora rapidement avec la progression des unités.

« Il n'y a rien à ce niveau, juste quelques salles de réunion…
- trouvez-moi un accès aux étages inférieurs !
- Là capitaine ! Des droïdes tentent de réactiver un ascenseur…
- Laissez tomber, trouvez-moi des escaliers ! S'énerva le Capitaine.

Aussitôt, les droïdes dévalèrent les marches et fouillèrent les souterrains. Le premier ne contenait que bureaux vides et pièces contenant toutes sortes de matériels : pièces de rechange et produits chimiques. Le dernier étage abritait quant à lui de nombreux laboratoires mais pas âme qui vive.

« Que donne la fouille du manoir ? » demanda sèchement la directrice.

- Personne, nous procédons à l'analyse de tous les documents…

- Qu'est ce que c'est que ça… ? » intervint le capitaine.

Les droïdes occupaient maintenant une large pièce truffée de consoles et d'ordinateurs dernier cri. Au centre, cernée par les unités, une haute structure surplombée d'un dôme de métal trônait majestueusement.

« Ce serait ça… ? » pensa tout haut le sergent.

- Capitaine, vous avez vu la machine du professeur Mellos, ça ressemblait à ça ?

-…en quelque sorte mais sans aucune certitude… répondit-il embarrassé.

- Madame, nous avons confirmation, personne sur l'île. De plus, plusieurs coffres et armoires ont été vidés, il manque également du matériel…

- Et merde ! S'écria la directrice, ils ont mis les voiles depuis un moment ! Sergent, je veux un rapport complet suite aux fouilles. Capitaine, réunissez les équipes pour un briefing. Je dois rendre compte au gouverneur et cela ne va pas être une partie de plaisir ! »

Sur ce, elle quitta la pièce en claquant la porte.

24

« Monsieur Primae, veuillez me suivre, j'ai ordre de vous conduire en lieu sûr !

- Agent Emani ! « En lieu sûr », je pensais pourtant qu'il n'y avait pas plus « sûr » que le siège des services spéciaux... » Gabriel réalisa que sa tentative de faire de l'esprit était plutôt ratée, de plus, il n'était pas d'humeur.

Sans réponse, il poursuivit :

« Et où me conduisez-vous ?

- Je ne suis pas habilitée à vous donner cette information... Monsieur, finit-elle par ajouter.

- Bien entendu ! Mais je dois avant parler à Léna, votre chef ! »

Gabriel avait sciemment et habilement rappelé la place de chacun. Il espérait avoir hérité de quelques galons des épaules de sa chère et tendre. Sa demande devait passer pour un ordre et contrer ceux reçus ! Mais rien n'y fit, pas même le ton employé, l'agent Emani resta inflexible :

« Je suis navrée Monsieur, j'ai des ordres formels de Madame la directrice, dit-elle en insistant sur son titre, de plus elle est actuellement en réunion extraordinaire et ne sera pas disponible avant demain. »

Certes son ego avait voulu rabaisser cet agent qui le traitait guère mieux qu'un suspect et le baladait comme bon lui semblait. Mais il aurait tellement voulu parler à Léna... Il avait l'étrange sentiment qu'il ne la reverrait plus...

Au terme de leur petite joute, ils empruntèrent finalement les couloirs et rejoignirent la sortie malgré l'agitation fiévreuse qui régnait à tous les étages. Une navette les attendait au dehors en plein soleil. Gabriel plissa les yeux et suivit, résigné, la silhouette de l'agent. Ils décolèrent aussitôt.

Gabriel ne dit mot. Il était contrarié et en cherchait une cause crédible pour ne pas s'avouer qu'il venait de céder devant Emani.

L'agent quant à elle ne pensait à rien, à cet instant elle ne pensait plus. Elle plongea simplement sa main droite dans sa veste.

Lorsque Gabriel émergea de ses pensées, l'agent Emani pointait vers lui une arme laser.

« Agent Emani !… Que… »

Il ne termina pas sa phrase, il n'aurait pas de réponse, il le savait à son regard, il le reconnaissait à présent.

La navette prit rapidement de la hauteur, Gabriel remarqua même avec surprise qu'elle dépassa l'altitude de croisière intercontinentale. Ils devaient rejoindre un vaisseau mère en orbite.

Et en effet, après quelques minutes, il aperçut, non pas un vaisseau, mais une station orbitale de classe II. Mais il ne put saisir plus de détails, sa vue se troubla à cet instant. Il ressentit bientôt un étrange goût métallique dans la bouche, puis un vertige accompagné d'une terrible nausée. L'image de Léna lui apparut. Peut après, il perdit rapidement connaissance.

25

Gabriel reprit conscience dans une vaste salle avec toujours la même nausée et l'esprit confus. Deux ou trois individus parlaient à voix basse près de lui. Il n'en reconnut aucun. Il n'y avait presque pas d'éclairage ; il ne perçut guère plus qu'un ou deux halos de lumière.

Ses paupières étaient incroyablement lourdes. Il dut faire un effort de concentration pour parvenir à distinguer les premiers éléments et enfin scruter la pièce.

Sur l'un des murs, il distingua un étrange et grand rectangle noir avec sur le côté, une sorte de disque flou d'un bleu lumineux. Il prit soudain conscience qu'il observait l'espace et une portion de la Terre.

Soudain son corps fut pris d'une douloureuse secousse myoclonique, son instinct de survie le poussait à fuir… Il voulut se lever de son siège mais ses muscles ne répondirent pas, de plus, il réalisa qu'on l'avait solidement attaché.

A cet instant les voix se turent, puis, il entendit cette fois distinctement les mots :

« Il est réveillé, allons prévenir le professeur… »

Une porte s'ouvrit, se referma, puis plus rien. Son esprit s'alarma, c'était maintenant ou jamais !

Il fit une nouvelle tentative malgré son entrave mais sans plus de succès. Il se résigna à analyser les éléments présents dans la pièce. Les images apparaissaient plus nettes à présent. Dans la partie la plus éclairée, il aperçut plusieurs écrans, une étrange machine et un pupitre… Il fut immédiatement soulagé au moins il n'y avait aucun engin de torture… ! Il se raccrocha un instant à ce bref et unique sentiment de bien être.

Mais soudain une sensation de déjà vu le perturba et aussitôt son sang se glaça ! C'était là la presque exacte réplique de la machine du professeur Mellos ! Une machine à stimulation neuronale !!

« Monsieur Primae, quel plaisir de vous rencontrer enfin ! »

Gabriel n'avait pas entendu la porte s'ouvrir. Un homme, la soixantaine et extrêmement soigné, venait d'entrer, suivi de deux acolytes.

« Je suis le professeur Kant, savez-vous que nous nous sommes déjà rencontrés ! Mais à l'époque vous ne portiez encore que peu d'intérêt pour le monde des adultes ! »

Gabriel ne dit pas un mot ; il avait en effet reconnu le professeur Kant. Sa voix et sa gestuelle reflétaient une assurance et un charisme démesurés. Le type d'individu dont l'intelligence lui permet de répondre au moindre de ses caprices, aussi délirants soient-ils.

Gabriel était presque séduit par le personnage mais une chose l'alerta, son regard n'avait plus rien à voir avec celui de la photo : c'était à présent un homme rigide et glacial qui ne contenait plus la moindre trace d'humanité… Et comme pour chasser cette impression il demanda :

« Qu'est devenu l'agent qui m'accompagnait ?

Après un long silence le professeur répondit :

- La stimulation neuronale est une discipline complexe et délicate dès lors où l'on cherche à préserver l'entière intégrité de l'architecture cérébrale du sujet… Il parut un instant embarrassé avant de poursuivre… Ma petite fille ici présente a absolument tenu à effectuer sa première SNAMO, et donc votre collègue… Croyez bien que si j'avais moi-même paramétré la machine… Mais que voulez-vous, je ne peux rien refuser à ma petite Léa chérie… Conclut-il sur un ton paternel.

A cet instant Gabriel remarqua qu'une jeune fille d'une douzaine d'années s'était rapprochée et se trouvait maintenant juste à sa gauche. Elle l'observait d'une façon étrange, en penchant la tête, les yeux grands ouverts et avec un sourire qui n'en était pas un.

Ce sourire ! pensa Gabriel, il se rappela : c'était la gamine un peu bizarre qu'il avait rencontrée sur le toit alors qu'il se rendait au Majestic ! Il finit par articuler :

« Et que me vaut ce plaisir ? »

Le professeur se figea aussitôt et roula des yeux de reptile vers Gabriel :

« Allons Monsieur Primae, pas de ça entre nous voulez-vous ? Ne nous abaissons pas à insulter nos intelligences respectives !

- Mais je…

- De toute façon vous parlerez et nous aurons enfin connaissance des tous derniers éléments ! Professeur Markusi la machine est-elle prête ?

- Un dernier réglage… Voilà… nous pouvons commencer. Là, voilà, je démarre la stimulation du lobe frontal de niveau 3 selon le protocole…

- Au diable le protocole ! hurla Kant, passez directement au niveau 7.

- Mais professeur… Oui, tout de suite… »

Gabriel ressentit immédiatement un froid intense envahir tout son corps et plissa les yeux d'appréhension.

« Bien Monsieur Primae, dites-nous comment est-il prévu que vous opériez ? Qui est impliqué dans cette satanée apocalypse ? Un nouveau cycle doit-il commencer ? Avec quelle technologie ? »

Gabriel resta silencieux.

« Professeur Markusi... Pourquoi ne répond t-il pas ? demanda Kant profondément agacé.

- Je ne comprends pas, tout est correctement paramétré !

- Et bien modifiez la constante alpha et réduisez les interférences, purifiez le signal !

- Mais c'est déjà le cas professeur... !

Kant rugit et se précipita vers la console. Il apposa ses mains puis effectua quelques rapides réglages.

« Monsieur Primae ! Répondez ! »

Une nouvelle fois Gabriel ne prononça aucun mot et resta immobile sur son siège.

« Il n'a peut-être pas tenu le choc !

- Non, je n'ai simplement rien à vous répondre... Finit par dire Gabriel un peu sonné.»

Le professeur, au comble de la colère, se laissa peu à peu envahir par un sentiment étrange, un sentiment inconnu et extrêmement désagréable. Un sentiment qu'il n'avait pas souvenir d'avoir jamais ressenti : un sentiment de doute mêlé de terreur !

Seul le professeur Markusi articula la voix un peu tremblante : « Mellos avait donc raison... !

- Taisez-vous ! Ce ne sont que des inepties ! »

Mais soudain un terrible bruit se fit entendre ! Dans la pièce, seuls Markusi et la petite Léa échangèrent des regards stupéfaits et interrogatifs. Sans lever les yeux de la console le professeur Kant finit par dire :

« Calmez-vous, ce n'est sans doute qu'une simple collision ! »

Mais aussitôt plusieurs alarmes retentirent dans les couloirs,

« Papy, j'ai peur… ! »

Le professeur Kant troublé dans sa concentration finit par aboyer :

« Markusi, allez voir ce qui se passe ! Je dois poursuivre… Puis pour lui-même : il y a sans doute un dysfonctionnement quelque part… Attendez ! Emmenez Léa dans la cellule d'urgence, on ne sait jamais !

- Mais papy… Je veux regarder… ! Riposta cette dernière.

- Ne discute pas et suis le professeur immédiatement ! »

Résignée, la jeune fille quitta la pièce avec une moue hideuse et le regard noir.

Gabriel se retrouva bientôt seul avec Kant. Celui-ci nullement décontenancé par cet incident déclara presque regonflé :

« A nous deux Monsieur Primae, croyez-moi, vous ne me résisterez pas longtemps ! »

Les minutes qui suivirent ne lui donnèrent pas raison. Le professeur tenta, en vain, toutes sortes de réglages, pesta et recommença encore, malgré un vacarme qui ne cessait de croître dans les couloirs.

Les sons se mélangeaient mais l'on entendait clairement des gens crier, se poursuivre et s'empoigner…

Le professeur restait néanmoins calme, concentré et étrangement imperturbable. Une obsession malsaine lui masquait la réalité.

Soudain les cris devinrent plus nets. Au même moment, Gabriel vit immédiatement la porte s'entrouvrir…

Un homme grand et mince entra calmement et lui sourit. Il le reconnut immédiatement mais ne dit pas un mot.

« Professeur Kant, c'est inutile, vous n'arriverez à aucun résultat !

- Comment…? Qui est là ? Répondit-il déconcentré, Professeur Nemeck ?! Que…Sortez immédiatement !

- Entendez-vous Kant ? Votre tentative est vouée à l'échec, Gabriel est immunisé. Vous ne pourrez pas agir contre sa volonté !

- Foutaises ! Foutaises ! Hurla le professeur. »

Nemeck se dirigea lentement vers Gabriel et désactiva ses liens :

« Suivez-moi Gabriel, il est temps…

Celui-ci le regarda comme paniqué :

« Mais il va vous…

- Ne craignez rien, la SNAMO a aussi peu d'effet sur moi que sur vous, je vous expliquerai ! Allons, levez-vous, je vais vous aider.

Ils abandonnèrent le professeur Kant à sa machine. Dans le couloir des agents des unités T3 et T4 couraient dans tous les sens, d'autres escortaient fermement les premiers prisonniers.

Le professeur soutenait Gabriel et ensemble ils progressèrent au beau milieu d'un véritable champ de bataille. Gabriel se sentait léger et avait même la sensation de littéralement flotter dans l'air ! Les gestes de chacun paraissaient comme au ralenti. De façon plus précise, toute cette réalité lui apparut autre, étrangère.

26

Helena Gudmundsdottir arpentait les couloirs de la station suivie du capitaine Cellini. Le calme régnait enfin, seule une alarme stridulait encore au loin. Seuls les lumières incertaines et l'amoncellement de matériels renversés à même le sol rappelaient la nature des derniers événements.

« Avez-vous mis la main sur Gabriel capitaine ?

- Pas pour le moment Madame, plusieurs rapports nous signalent qu'il a quitté la station avec le professeur Nemeck…

- La « machine » a été neutralisée ?

- Oui Madame, le professeur Markusi a offert toute sa collaboration après être passé entre les mains de nos agents…

- Kant ?

- Neutralisé et sous bonne garde !

- Bien, et l'agent Emani ?

- Les médecins sont assez pessimistes… ces salauds ne l'ont pas épargnée…

Soudain un terrible vacarme se fit entendre juste derrière le double sas du couloir principal. On entendait des cris et des bruits de lutte comme si l'on tentait de capturer un animal sauvage !

« Que se passe t-il ? Demanda la directrice.

- pas la moindre idée, ils ont dû trouver…placez vous derrière moi Madame !

Le capitaine sortit son arme et la pointa vers le sas alors que les cris se rapprochaient… :

« Passez-lui les menottes !!

- J'ai été mordu !! Attention ! Elle s'échappe !! »

Soudain le sas s'ouvrit, une jeune fille apparut dans l'ouverture, aussi vive et agitée qu'une petite panthère. Elle stoppa net en apercevant le capitaine. Ses yeux se plissèrent comme si elle effectuait un rapide calcul. En une fraction de seconde son corps se relâcha et son regard perçant se porta sur la directrice. Elle pencha la tête et se mit à sangloter…

« Je veux ma maman…

Aussitôt la directrice dépassa le capitaine et furieuse déclara :

« Mais vous avez perdu la tête, ce n'est qu'une enfant !

- Non Madame, ne vous approchez pas… !! »

Au même instant la jeune fille bondit, s'agrippa à sa victime et la griffa profondément au visage pour enfin retomber sur ses pieds. Elle affichait une grimace haineuse, soufflait et sifflait entre ses dents.

Mais la directrice avait déjà entamé sa riposte, et à la surprise de tous, lui asséna un coup de poing fulgurant. La jeune fille s'écroula au sol.

« Jetez-moi cette harpie dans l'espace !! hurla la directrice. Qui est cette sauvageonne ?

- Il s'agit de Léa Kant Madame, la petite fille du professeur lui répondit l'un des agents.

- Et bien cela promet… Embarquez-moi cette cinglée ! »

Helena Gudmudsdottir réajusta sa tenue, recomposa sa coiffure et reprit calmement la parole :

« Capitaine, que donnent les premiers interrogatoires ?

- C'est difficile à dire Madame déclara le capitaine en rangeant son arme, certains comme le professeur Kant se bornent à un mutisme absolu, d'autres plus coopératifs, tiennent des propos plutôt délirants m'a-t-on rapporté. Monsieur Primae serait un danger pour l'humanité, un fléau et pourrait détruire toute vie sur Terre ! Que nous devons absolument l'éliminer ou à minima le neutraliser, vous voyez le niveau ?!... Quoi qu'il en soit, je vous fais parvenir un rapport dès que possible et bien entendu je fais rechercher Monsieur Primae ainsi que le professeur Nemeck.

- Très bien capitaine, puis pour elle-même elle ajouta, bien que je sois un peu pessimiste sur ce dernier point... Gabriel... »

27

Gabriel se réveilla dans un vaste lit avec le réconfort d'avoir merveilleusement dormi. Il avait tout de même l'esprit confus et un léger mal de crane résiduel. Il tenta néanmoins de remettre un peu d'ordre dans ses idées. Avait-il rêvé les derniers événements… ? Ses souvenirs paraissaient aussi flous et délirants qu'un mauvais rêve… Avait-il été victime de la SNAMO…? Mais soudain il stoppa net le cours de ses pensées et regarda autour de lui ; il ne connaissait pas cette chambre.

Au même instant quelqu'un frappa doucement à la porte puis entra :

« Bonjour Gabriel, je suis heureux de vous voir reposé, veuillez me rejoindre dans le jardin, vous devez être affamé ! ».

Il allait répondre que non, mais à cette simple évocation, une aire de son cerveau dédiée au traitement de cette information se réveilla ! Aussitôt et presque violemment, une faim animale envahit le siège de sa conscience.

Le jardin était magnifique, vaste et arboré. Il possédait même un somptueux étang au milieu duquel d'étranges oiseaux nageaient paisiblement. Un véritable paradis totalement inconcevable sur cette planète !

« Par ici Gabriel !

Ce dernier aperçut le professeur Nemeck assis à une table copieusement servie.

« Ce sont des vrais… ? »

En levant le bras pour pointer cette ménagerie improbable, Gabriel fit une grimace en gémissant de douleur, puis, levant la tête, il adressa à son hôte un sourire étrange.

- Absolument Gabriel, ils sont bien vivants… Vous ne vous sentez pas bien… ?

- Psychologiquement, étonnement bien, par contre physiquement… Je n'ai pas un endroit du corps qui ne soit épargné… Aurais-je occulté le souvenir d'une quelconque bataille ?

Un sourire poli se dessina sur le visage du professeur alors qu'il désignait une chaise à l'intention de Gabriel :

- Je vous en prie, prenez place… Il est déjà midi passé mais comme vous pouvez le voir, la table contient également de quoi prendre un copieux petit déjeuner !

Gabriel y fit honneur en avalant un bol de lait, plusieurs toasts, deux croissants, une brioche… et enfin une omelette.

« Diantre mon ami ! Votre appétit fait plaisir à voir !

- Mais professeur, pourquoi ne pas m'avoir réveillé ?

- Vous avez dormi pendant deux jours Gabriel… !

- Deux jours, vraiment… ! Et comment…

- …S'est terminée cette aventure ? Coupa le professeur. Et bien vous en avez vécu les principaux événements, toute l'équipe a pu être arrêtée et tous les biens saisis… Et nous sommes sans doute recherchés…

Le professeur interrompit sa phrase et devint soudain grave, une ombre étrange métamorphosa son visage… Après un lourd silence, il déclara :

« Gabriel, je regrette de ne pouvoir vous accorder un repos bien mérité... Mais j'ai des éléments d'une importance capitale à vous communiquer...

- Au sujet de la SNAMO et de nôtre immunité... de...mon père ?

- Oui... mais pas seulement, ce que vous évoquez vous touche tout particulièrement et personnellement, mais ce que j'ai à vous dire dépasse l'entendement et tous les récents événements... Cela concerne toute l'humanité et plus encore... ! Je crains sincèrement que vous ne me preniez pour un vieux fou avant même d'en avoir terminé... Mais je n'ai pas le choix, alors je vous en prie, accordez-moi toute votre attention ! »

Gabriel reçut ces paroles presque avec effroi mais resta silencieux.

Le professeur laissa son invité assimiler chaque mot prononcé puis dit enfin :

« Voilà bientôt une vingtaine d'année, le professeur Kant fit la découverte et mesura le résidu énergétique d'un phénomène qui toucha la planète toute entière il y a pas loin de cinq cents millions d'années... Ce sujet l'obséda au point de financer lui-même ses recherches. Il y a un mois et grâce à la découverte d'artéfacts métalliques, il put se faire une idée de la quantité d'énergie libérée : elle fut colossale, incommensurable !

Il fit également la découverte de fossiles d'hommes modernes datant de plus de cinq cents millions d'années...

- Mais la vie sur terre est apparue il y a moins de cinq cents millions d'années... C'est impossible ! Seule la vie marine existait alors... ! Commenta Gabriel soudain confus d'avoir coupé le professeur.

- Non pas impossible mais inconcevable ! Notez bien que les fossiles étaient pour ainsi dire contemporains de cette mystérieuse libération d'énergie... Kant compris bientôt qu'une vie, une évolution préexista avant la nôtre... !

Gabriel déglutit et faillit s'étrangler. Puis il lutta quelques secondes contre une violente quinte de toux ! Mais il ne dit pas un mot sous l'œil inquisiteur du professeur. Lorsque le calme revint autour de la table, seuls ses yeux rougis et une larme qui ne demandait qu'à s'écouler trahissaient encore son émoi. Avait-il bien entendu... ? Gabriel but un peu d'eau et déclara :

« Excusez-moi professeur, je vous en prie, continuez...

- Bien... Kant allait rendre public sa découverte et récolter gloire et honneur... mais il prit connaissance d'informations qui bouleversèrent totalement ses plans. Ces informations, seuls votre père et moi-même en avions connaissance... Kant comprit qu'une nouvelle évolution ou cycle évolutif risquait de se produire... en anéantissant le nôtre. Kant fut alors pris d'une bouffée délirante car bien entendu, son ego lui interdisait fondamentalement de disparaître. Il fit donc tout ce qui était en son pouvoir pour anéantir ce processus et n'hésita pas un instant à éliminer ses concurrents. La destruction des bases alpha a été pour lui un jeu autant qu'un moyen radical de faire disparaître ceux qui risquaient de découvrir son secret et par la même la source d'un pouvoir qu'il pensait légitimement s'octroyer ! Parmi ses victimes, je pense notamment et tout particulièrement au professeur Semons qui découvrit également un fossile et à votre père...mon plus grand ami. »

151

A ces mots, le visage de Gabriel s'assombrit et comme un éclat de rage apparu dans son regard.

Le professeur Nemeck attendit un instant puis reprit :

« Kant voulait non seulement maintenir notre cycle mais également découvrir la technologie ou le pouvoir qui en contrôle la destinée ! Toujours, il s'était vu homme au dessus des hommes, mais avec cette découverte, il entendait bien accéder à un tout autre royaume ! Gabriel… ? »

Ce dernier avait la tête penchée et le regard absent. Il semblait ruminer une pensée sans fond.

« Gabriel ?

- Je vous écoute professeur, pardonnez-moi, je pensais à mon père… Vous parliez d'informations vous appartenant, de quoi s'agissait-il plus précisément ? Et pourquoi tous ces cycles ?!

- J'y viens Gabriel, un peu de patience… La vie telle que nous la connaissons, notre évolution… qu'en pensez-vous, en toute objectivité ?

- Je ne vous suis pas…

- Que pensez-vous de notre civilisation, de l'état de notre planète ?

- Disons que cela me fait penser à… je ne sais pas… Tout ça n'a plus de sens, la vie est devenue tellement artificielle, factice, sans but aucun… Nous avons clairement échoué ! L'espèce humaine a échoué !

- Bien, le professeur réfléchit un instant et poursuivit… Et cette vie, que diriez-vous s'il était possible de la faire renaître à nouveau… ?

Gabriel se redressa sur sa chaise.

-… !

- En fait cela s'est déjà produit, comme vous l'avez compris, il y a eu plusieurs coups d'essai, plusieurs cycles évolutifs, chacun tirant en quelque sorte les leçons du précédent... ! Chaque cycle a duré entre 400 et 500 millions d'années et démarre systématiquement avec l'apparition de la vie sur la terre, lorsque notre ancêtre à tous émerge des eaux... »

Gabriel en resta bouche bée, avait-il encore une fois bien entendu... ? Le professeur lui répondit par une grimace navrée, comme si il craignait cette réaction fâcheuse mais oh combien légitime de la part de son invité.

« Gabriel, je comprends que cela rebute l'esprit et il est bien naturel d'en rejeter ne serait-ce même que le postulat... alors ne pensez pas que rationnellement et faites appel à votre intuition...

Certes la vie a mis des millions d'années pour aboutir à l'homme et plus de quatre vingt dix pour cent des espèces ont fait les frais de la sélection naturelle. Mais pensez-vous vraiment que cela ait pu arriver en un seul coup de dés... ?

- Certes c'est un paradoxe que certains ont exploité pour confirmer une intervention divine et par la même son existence ! Je serais plus enclin à suivre cette interprétation... désolé professeur ! Mais... comment savez-vous tout cela ? Cela fait-il partie des informations que vous déteniez... ?

- En quelque sorte...   Mais j'en arrive à nous Gabriel : j'avais à peu près votre âge lorsque je fus désigné pour un jour prendre une décision : une décision dont dépendrait le sort de toute l'humanité et de toute vie sur Terre... Mon esprit avait des facultés particulières... Comme vous le savez, le cerveau est composé de plusieurs couches du fait de l'évolution, des couches primitives jusqu'au cortex. Et nous en retrouvons la segmentation dans son fonctionnement même. Il en résulte les comportements et pensées contradictoires, sources de conflits, de frustrations et d'actions négatives. Mon cerveau ne connaît pas cette segmentation, il est un ! Nous avions pu mettre en évidence la présence de faisceaux neuronaux qui renforcent les échanges …

Ces faisceaux me rendent presque insensible à la SNAMO, du moins pour le niveau de stimulation actuellement employé. Malheureusement peu avant ta naissance il m'a été diagnostiqué des tumeurs inopérables qui ont fini par altérer certaines zones de mon cerveau. Je te précise immédiatement qu'aucun désordre psychologique n'a été diagnostiqué chez moi, je suis simplement…diminué.

Gabriel parut gêné, cela lui avait en effet traversé l'esprit.

Le professeur poursuivit :

« Avec votre père nous avons décidé de recréer chez vous cette particularité… artificiellement… Nous avions pu identifier le gène responsable de cette mutation.

- Malgré les lois anti-eugéniques… ?

- Absolument Gabriel, nous prenions un risque énorme mais pour une cause plus grande encore : afin que vous preniez ma place… !

- Pour prendre « une décision », j'ai bien saisi professeur mais de quelle décision parlez-vous … !?

- Il s'agit de décider si ce cycle est viable ou si un nouveau cycle doit démarrer… Votre esprit y est préparé et a la capacité de prendre cette décision…

- … et apprendre de nos erreurs… ?

- Précisément Gabriel !

- Enfin professeur, comprenez-moi, en tant qu'ami et collègue de mon père je vous accorde la plus grande crédibilité et toute ma confiance, mais…je viens de vivre des événements ''catastrophes'' assez perturbants, je n'ai des nouvelles de personne et là, l'esprit encore endormi et entre deux tartines, vous m'annoncez que… je dois décider de la vie ou de la mort de milliards d'êtres humains… ?! Qui vous a choisi, pourquoi ? Comment démarre un nouveau cycle ?

Le professeur leva la main en signe de reddition.

« Vous avez parfaitement raison Gabriel, cela ne devait pas se passer comme ça, nous devions vous préparer à tout cela avec votre père… Je suis seul à présent et le professeur Kant ne me laisse que quelques minutes… votre vie était compromise et l'est sans doute encore…

Gabriel avait la mine défaite, il n'articula que quelques mots :

- Professeur…je…

- Gabriel, ne soyez pas embarrassé, je ne m'attendais pas à vous convaincre, à vous voir embrasser ma cause, seul un esprit dérangé l'aurait fait… mais quelqu'un le pourra… !

- Pardon professeur… ?

- Oui Gabriel, que diriez-vous si je vous présentais quelqu'un… du cycle précédent… ?! » annonça le professeur comme on jette une carte maîtresse sur la table.

Gabriel resta sans voix.

Le professeur vit dans ses yeux que le doute était encore présent mais il vit également qu'il avait plus que sérieusement piqué sa curiosité. Elle était littéralement harponnée !

« De toute façon vous devez le rencontrer ce soir même, il attend votre venue… depuis pas mal de temps… ! C'est à lui de vous apporter les réponses…»

28

Complexe de recherche alpha d'Ultima Citae
Fév. 2270 − il y a plus de trente ans.

« Tu as réussi l'extraction… ?

- Pas ici, allons dans ton bureau… !

- Professeur, professeur ! Deux étudiants arrivaient en courant vers les deux hommes.

- C'est pas vrai… Manquait plus qu'eux !!

- Excusez-nous professeur, nous vous avons soumis une demande de stage pour la fin d'année et…

- Oui, oui… écoutez, j'ai été très occupé… Il regarda sa montre, réfléchit un instant puis conclut, venez me voir dans mon bureau à disons…18h45, nous parlerons de votre projet.

- Très bien, merci professeur ! Les deux étudiants tournèrent rapidement les talons, ravis.

- Hadrien, dépêche-toi je vois arriver Melvin, c'est sans doute encore au sujet du vote du comité… il va pas nous lâcher ! »

Les deux hommes pressèrent le pas vers une large entrée munie d'un sas. Le professeur appliqua son badge avec quelque maladresse, puis ensemble, ils entrèrent précipitamment comme deux gamins qui venaient tout juste de jouer un mauvais tour. A l'entrée une plaque argentée précisait en lettres rouges :

Laboratoires de Biotechnologie génomique
Professeur Hadrien Primae – R1

Les labos étaient vides pour la plupart mais ils allèrent néanmoins jusqu'au bureau du professeur puis refermèrent la porte. Ce dernier mit un peu d'ordre et rangea quelques dossiers. Lorsqu'il posa à nouveau les yeux sur son ami Harris Nemeck, celui-ci tenait entre le pouce et l'index un petit tube opaque. Sur son visage s'affichait un sourire contenu mais manifestement triomphal :

« C'est pas vrai… ! Tu as pu synthétiser le gène ! S'exclama Primae.

- Chut pas si fort !! Après un bref silence anxieux, il poursuivit, aucun souci, le plus dur a été de définir la séquence… Au fait tu vas utiliser quel vecteur au final ?

Le professeur Primae réfléchit un instant et répondit :

- Pour le moment je songe à un virus type coxsackie A5, c'est ce qui donne les meilleurs résultats.

- Cela parait cohérent compte tenu de la cible visée… Si tu savais comme je me sens soulagé… Confia le professeur Nemeck et en effet, son visage parut plus jeune à cet instant.

- Ne t'inquiète pas, nous allons réussir, mon fils aura ce gène et sans aucun doute des facultés proches des tiennes…

29

La navette filait silencieusement à seulement quelques mètres de la surface de la mer. Gabriel faisait face au soleil en cet fin d'après-midi, le regard absent et l'esprit perdu dans ses pensées. Volontairement le professeur Nemeck restait également silencieux. Ces quelques heures de silence étaient nécessaires, l'esprit de Gabriel devait s'apaiser. Un moment, ce dernier se leva et fit les cent pas, songeur ; il jeta enfin un regard à la gerbe d'eau marine que la navette projetait au loin, un arc en ciel semblait les avoir pris en filature.

Ils croisèrent au large de plusieurs petites îles qui trempaient paisiblement dans les eaux d'une mer sombre et mystérieuse. Sur certaines subsistaient encore quelques rares bâtisses, mais à première vu, toutes semblaient abandonnées. Parfois une église ou un monastère désuet et oublié trônait au sommet d'une colline. Ils croisèrent également quelques bateaux figés dans le temps comme dans l'espace.

Gabriel n'aimait pas trop la mer, cette masse immense et insondable, comme le fond de l'âme. C'était surtout la coexistence des deux phases air/eau qui le dérangeait, cela lui semblait contre nature. Ces deux mondes si opposés et séparés par une si mince frontière. Cet équilibre lui semblait instable et devait devoir se rompre…

A peut-être une heure du coucher de Soleil la navette ralentit puis s'éleva brusquement. Elle entama enfin une lente descente à l'aplomb d'une petite île plutôt aride. Au milieu se tenait une maisonnette en pierre dont certains murs étaient lézardés.

Sous un jeune pin une table ; un homme y était assis.

« C'est ici que je te laisse Gabriel, mon ami » dit affectueusement le professeur. Gabriel parut surpris mais ne dit pas un mot.

Lorsqu'il posa le pied sur le sol il fut saisi par le parfum enivrant de la terre et des herbes qui poussaient entre les cailloux. Il ressentit un grand bien être. Il avait le sentiment de mettre le pied sur un tout autre monde !

L'homme se leva et approcha pour l'accueillir d'une démarche lente et féline. Il ne portait qu'une longue et simple chemise, des sandales usées, mais Gabriel lui trouva l'élégance et toute la dignité d'un roi :

Il était grand et émacié ; un masque de fatigue assombrissait son visage, mais son doux sourire n'en parut que plus lumineux. Lorsque Gabriel plongea ses yeux dans son regard il eut le sentiment de perdre pied, de multiples barrages volèrent en éclats au plus profond de son esprit.

En un instant leurs esprits s'étaient connectés, comme si ils se reconnaissaient l'un l'autre :

« Enfin Gabriel, sois le bienvenu, je me nomme Anastasios, fais moi l'honneur de partager mon repas »

Il émanait de cet homme une pure bonté, une douceur infinie qui vous irradiaient presque violemment.

« J'ai peu de choses Gabriel, un peu de fromage aux herbes et à l'huile, du pain et des olives… »

Un bref instant Gabriel regarda le vaisseau qui déjà repartait.

Dans le Soleil couchant, les deux hommes prirent leur repas, sans un mot. Tous deux ancrés dans l'instant présent. Leurs esprits ne faisaient plus qu'un et se mêlaient, englobaient l'île puis la mer et enfin l'univers tout entier dans un silence infini et fracassant.

Gabriel avait réfléchi à ne nombreuses questions durant le trajet : comment cela se passe ? Qui ? Pourquoi ? Quelle technologie ? Dieu… ?

Il n'en restait plus rien à présent, elles s'étaient envolées, volatilisées : il comprenait à présent la tâche qui l'attendait et dont dépendait le sort de l'humanité et de toute vie sur Terre.

Gabriel était sur le point de basculer vers un tout nouveau et grandiose paradigme. En d'autres termes, sa vision et sa représentation du monde allaient être totalement et profondément bouleversées.

Mais une question persistait néanmoins dans son esprit : Un nouveau cycle devait-il démarrer… ? Et Anastasios, le gardien des cycles attendait la réponse…

Gabriel leva les yeux et réalisa qu'il faisait nuit, le ciel, noir comme le fond de l'océan, était criblé d'une myriade d'étoiles.

Anastasios se leva et invita Gabriel à le suivre. Etrangement la maison semblait bien plus grande à l'intérieur. Sur l'un des murs il lui présenta une peinture.

« Elle est de mon époque Gabriel, de mon cycle, j'y suis attaché… »

Gabriel ne fit aucun commentaire, il n'était pas particulièrement intéressé par les peintures et ce portrait de femme le dérangeait un peu, son sourire était… indéfinissable.

Son regard s'arrêta sur un petit cadre, il portait une énigme qui le fit sourire :

> Egaux mais opposés,
> Ensemble, ils se multiplient,
> L'un donnant l'autre mais non réciproquement.

Soudain il reçut comme un choc, un plus grand cadre près de la fenêtre contenait une simple et mince feuille de papier sur laquelle avait été calligraphié, d'un seul trait, un grand cercle à l'encre noire.

Son hôte remarqua son intérêt, mais avant même d'ouvrir la bouche pour éclairer son invité, Gabriel articula :

« …le vide…le vide… »

- En effet Gabriel, le vide, un état que l'esprit doit atteindre pour connaître celui de conscience absolue…

- Mais c'est également le tout, le vide et le tout… d'un simple trait !! »

Anastasios sourit, il écarta une lourde tenture et dévoila une porte imposante :

« Regarde Gabriel, cette porte mène à autant d'étages qu'il y a eu de cycles, et chacun renferme les œuvres d'art majeures qu'il a pu produire. Il y a six étages… »

Gabriel marqua un instant de stupeur…

Son hôte ouvrit la porte avec peine puis l'invita à le suivre. Avec prudence ils descendirent les marches. Celles-ci étaient taillées dans la roche, du moins, c'est ce que semblait révéler le faible l'éclairage. L'air était de plus en plus froid à mesure qu'ils progressaient.

Lorsqu'ils pénétrèrent dans la première salle Gabriel fut stupéfait, elle était immense…

Ils ne firent que quelques pas. Anastasios déclara :

« Tous ceci est mon époque Gabriel, ce cycle a précédé le tien, tout comme l'étage en dessous contient les œuvres du cycle qui a précédé le mien. Le premier cycle et donc le plus ancien est au sixième niveau sous terre… C'est une expérience particulièrement saisissante que de les visiter »

Mais soudain Gabriel se laissa captiver par une immense statue de bronze, un antique guerrier tenait dans une main une épée et dans l'autre la tête d'un monstre. Il déchiffra le nom du sculpteur et en fut à la fois surpris et amusé.

Anastasios présenta d'autres œuvres avant de raccompagner son invité à la surface, dans le monde des vivants.

Une fois dans la maison, Gabriel ne put s'empêcher de demander :

« Pourquoi uniquement des œuvres d'art… ? Je ne suis sans doute pas impartial mais je pensais notamment aux découvertes scientifiques, ne comptent elles pas pour l'Homme… ?

- Gabriel, seul l'art compte, il est l'essence même de ce que l'humanité a de plus beau. Il en est l'empreinte, l'identité. Le reste n'est que broutille, détail…

Gabriel voulut répondre, mais Anastasios reprit :

- Gabriel, je pense que tu as besoin d'une bonne nuit de sommeil et demain tu me donneras ta réponse. Viens, laisse-moi te montrer ta chambre, elle n'est pas bien grande mais elle est confortable. »

Gabriel entra et s'assit sur le lit, il était en effet épuisé. Mais une question le démangeait irrésistiblement, il demanda donc avant que son hôte ne reparte :

« A quoi ressemblait votre monde, je veux dire votre cycle.. ?

- Tu serais surpris Gabriel, autant que je l'ai été. Il y a beaucoup de similitudes et quelques étranges différences. Parfois l'on retrouve les mêmes noms, les mêmes courants culturels et spirituels. Les sciences sont identiques bien entendu et seul l'art est propre à chaque cycle.

- Et à quelle époque s'est arrêté votre cycle Anastasios ?

- Je crois que c'était vers 2125…

- Vraiment… ? dit-il perplexe.

- Qu'il y a-t-il Gabriel ?

- Et bien, tout d'abord je me suis demandé combien de cycles il faudrait encore… Mais à présent j'en viens à croire que l'humanité ne puisse jamais survivre à elle même, que sa fin est programmée, inscrite dans ses gènes… Chaque espèce est censée vivre en équilibre avec les autres. C'est un équilibre instable certes, mais un équilibre tout de même, issu de la lutte entre les espèces. L'homme a rompu cet équilibre en sortant du jeu. Avec ses pulsions toujours aussi primitives et sans plus de barrière… Cela ne peut le mener qu'à sa chute et à son extinction. Par nature, l'homme est voué à disparaître…

- J'ai également eu cette réflexion Gabriel. Un jour peut être sera t-il en mesure de recréer son propre équilibre, et ce, avant de détruire sa planète. Peut-être qu'un homme apparaîtra et saura être entendu.

- …Si nous avions su maîtriser la démographie… Comment a-t-on pu laisser les industries produire des centaines de milliards de tonnes de déchets… ? Pourquoi ne pas avoir Imposé cette loi aux industries : « Ce que vous produisez vous recyclez ». Ils auraient investi en masse dans la fabrication d'éléments facilement recyclables. Au lieu de cela c'est la planète et au final l'humanité qui a réglé la facture… » Gabriel s'arrêta un instant, manifestement gêné…

« Pardonnez moi, je ne sais plus vraiment ce que je dis… et j'ai le sentiment de déballer de telles banalités… »

Anastasios lui sourit et se dirigeant vers la porte, il ajouta simplement :

« Bonne nuit Gabriel… »

Il n'avait aucune idée de l'heure qu'il était mais Gabriel prit le temps de quelques ablutions. Il se coucha enfin non sans délectation.

Avant de sombrer dans un sommeil confus, il pensa à cette planète artificielle, à l'espèce humaine, à Léna, à sa propre vie…

30

Le Soleil était déjà bien levé lorsque Gabriel se réveilla. A ses pieds et étendu de tout son long, Whisky dormait profondément. Il s'habilla en silence sans relever cette étrange apparition. Il rejoignit enfin la pièce principale et chercha Anastasios. Il ne le trouva pas. La tenture était tirée, il n'était donc pas dans les étages inférieurs.

Il sortit et appela, personne ne répondit. Il fit enfin le tour de la maison sans plus de succès.

Lorsqu'il passa près de l'entrée, il remarqua que la table contenait plusieurs assiettes, des fruits secs, du fromage frais, du miel, un bol de lait et du pain. Gabriel avait vraiment faim, il s'assit et commença à picorer pour attendre son hôte. Mais après quelques minutes, n'y tenant plus, il déjeuna franchement. Il prit un morceau de pain et le trempa dans le miel.

Une fois rassasié, il appela encore, sans réponse aucune. Il décida de marcher un peu au bord de la mer pour passer le temps.

Celle-ci était particulièrement calme, seuls de petits clapotis scintillants caressaient les courbes harmonieuses de l'île.

Gabriel pensait à la réponse qu'il devait donner, une impossible réponse pour une impossible question. Comment pouvait-il décider de la vie de milliards d'individus… Cela dépassait l'entendement !

Soudain son regard fut attiré par un petit mouvement au bord de l'eau. Gabriel s'approcha et distingua un petit poisson aux yeux globuleux qui le fixait, et là plus loin une petite méduse ! C'était stupéfiant, la vie sauvage avait disparu depuis plus d'un siècle ! C'était impossible !

Gabriel resta pétrifié lorsqu'il vit le poisson sortir de l'eau, campé sur deux nageoires. Il venait de comprendre et ne put s'empêcher de déclarer :

« Un petit pas pour un poisson, un grand pas pour l'humanité... » puis s'adressant à cet ancêtre de toute vie terrestre il dit simplement :

« cette fois ci, tâche de ne pas tout foutre en l'air ! »

Il s'éloigna du rivage un peu sonné pour rejoindre la maison. Ses pas foulaient un nouveau monde !

Ainsi avait-il donné sa réponse, sans le savoir, sans même en avoir conscience... ?

Arrivé à la maison, Gabriel vit que la table avait été débarrassée. A l'intérieur, il aperçut sur une chaise une chemise propre et identique à celle d'Anastasios. Il comprit qu'il n'avait plus besoin de chercher son hôte, il reposait en paix, quelque part...

Il venait de prendre sa place ; le cycle qu'avait connu Gabriel venait de s'achever et de disparaître à tout jamais...

Il pensa au Capitaine, aux professeurs Kant et Nemeck, aux attentats, aux cris et à toute cette agitation, à Sylvia, Yvan... et à Léna... Tout ceci n'était plus, seul un silence absolu régnait à présent sur toute la planète. Cette pensée frappa violemment l'esprit de Gabriel, mais ce dernier ne flancha pas, il avait été comme renforcé pour supporter cette épreuve...

Peu à peu Gabriel revint aux préoccupations de ce nouveau monde et se demanda qui ou quelle entité mémorisait les expériences des cycles passés. Comment chaque nouvelle tentative dépassait la précédente. Cela ressemblait à une forme d'apprentissage...

Est-ce la planète qui apprend, se surprit-il à penser... ? Et lui, allait-il intervenir dans le déroulement de ce nouveau cycle, avait-il un rôle... ?

Son regard se porta sur la peinture qu'avait accrochée au mur Anastasios, et finalement, il se dit qu'elle n'était pas si mal cette étrange Mona Lisa... Mais il préférait encore la statue d'un certain B.Cellini qu'il avait vue la nuit dernière. Mais ce n'était pas des œuvres de son cycle...

Quoi qu'il en soit, il avait tout le temps pour aller chiner en bas et ramener une peinture de son cycle à lui... Il avait toute l'éternité pour ça, ou au moins, une part d'Eternité !

PARTIE II

1

Gabriel hésita un instant puis déposa la peinture contre le mûr, tout près d'une immense porcelaine orientale. Il croisa une dernière fois le regard et le sourire si troublant de cette femme d'un autre temps et quitta l'étage d'Anastasios.

Il allait remonter les marches lorsqu'il entendit aboyer : Whisky n'avait pas osé descendre avec son maître et gémissait d'impatience depuis presque une éternité.

Arrivé à l'étage de son cycle, Gabriel saisit la nouvelle peinture qu'il avait mise de côté et qu'il destinait à la pièce principale de la maison. Il prit également les quelques livres qu'il avait choisis.

Enfin en haut des marches, son chien lui fit une fête démesurée comme s'il avait disparu depuis des jours.

Quoi que... Il se passait des choses étranges sur cette île : il avait fini par accepter ou tout du moins par ne plus faire attention aux assiettes et chemises qui apparaissaient et disparaissaient. Mais comment expliquer qu'il y avait maintenant sept étages sous la maison ? Qui avait déplacé toutes les œuvres... ? De la même manière, il avait été stupéfait d'apercevoir il y a quelques jours, une sorte de petit reptile filer entre les pierres. Il n'était là que depuis quelques mois mais l'évolution des espèces avait fait un pas de géant. Au fond c'était rassurant si il existait deux échelles de temps ; il ne se voyait pas vraiment patienter quatre cent millions d'années seul sur un bout de caillou... Si seulement il pouvait se déplacer, aller observer les nouvelles espèces, les forêts immenses et vierges de toute présence humaine…

A défaut il observait la vie marine tout autour de l'île, tantôt avec l'œil détaché du scientifique, tantôt avec celui, contemplatif, du doux rêveur. Mais une espèce l'intéressait tout particulièrement : celle qui, pour la première fois, allait s'arracher de l'attraction terrestre pour combler ce ciel si vaste et si désespérément vide.

Cette planète était vierge, tranquille et silencieuse. Ce n'était pas l'exacte réalité mais cette pensée le remplissait de bonheur…

Elle n'était plus pillée et asservie. A présent, elle était libre de suivre son propre destin sans témoin aucun, comme un joyau anonyme perdu dans l'espace. Parfois Gabriel doutait que l'apparition de l'Homme ne soit une finalité. Ne se suffit-elle pas amplement à elle-même cette Terre ?

L'Homme, n'est-il pas le grain de sable de cette parfaite mécanique ? Et inlassablement lui revenaient les mêmes questions, les mêmes doutes : quel objectif devait-il atteindre, par quels moyens ? Chaque jour il espérait une quelconque apparition susceptible de l'éclairer et de le guider, enfin ! Il ne pouvait et ne voulait pas être un simple spectateur. Pourquoi diable Anastasios ne lui avait rien dit de plus…?!

Et à présent il était seul ! Allait-il être à la hauteur, son esprit sera t-il assez fort… ?

Gabriel accrocha sa peinture et recula pour l'observer. Il n'en connaissait pas l'auteur, mais ce style moderne lui parlait profondément. Ne plus être livré au regard troublant et inquisiteur de cette Mona Lisa était également un grand soulagement.

Whisky aboya une nouvelle fois comme pour signifier sa pleine approbation.

Cette lourde tâche accomplie, Gabriel sortit de la maison et rejoignit la petite table au dehors pour le repas du soir. Le temps était splendide et le coucher de Soleil s'annonçait grandiose.

Il prit un repas léger. Lorsqu'il eut fini, il écarta les quelques assiettes et ouvrit un cahier. Avec parfois une simple phrase, il y consignait chaque jour ses moindres observations. C'était là une occupation bien peu constructive mais elle avait le mérite de le distraire et de marquer le temps qui s'écoulait. En ce cent troisième jour de l'année zéro il écrivit :

A0 J103

Belle journée, apporté nouvelle peinture. Aucune nouvelle espèce identifiée.

2

En pleine nuit, il fut réveillé par les couinements implorants de Whisky. Intrigué, il alluma une bougie. Son chien tournait en rond près de l'entrée et semblait particulièrement nerveux. Quelque chose d'anormal se produisait... ''Anormal'', comme ce mot était délicieusement plaisant pensa t-il ! Enfin de quoi briser la monotonie !

Par la fenêtre il ne vit pourtant que la nuit noire, mais soudain, un terrible éclair zébra le ciel ! Une tempête faisait rage ! Gabriel écarta le rideau qui faisait office de porte et se précipita au dehors, absolument ravi.

La mer était déchaînée ! Il pleuvait des trombes d'eau et au loin des vagues immenses s'écrasaient sur les récifs. D'incroyables éclairs illuminaient et figeaient parfois ce décor quasi cataclysmique. Mais sur l'île... Seule une pluie légère arrosait la terre et les terribles bourrasques du large se transformaient en douce et paisible brise... !

« C'est du délire ! » commenta simplement Gabriel avant de courir près du rivage. Là, il observa la mer... A moins d'une trentaine de mètres, il vit clairement la limite où l'élément s'agitait pour former, plus loin, une houle menaçante.

Sans réfléchir, il ramassa une pierre et la lança de toutes ses forces. Il réessaya à plusieurs reprises sans jamais atteindre l'étrange frontière.

Dans l'excitation, il prit la résolution d'aller nager dans cette zone dès le lever du Soleil.

Il avait une énigme à résoudre ! Il regagna la maison plein d'entrain et attrapa son journal. Il ne pouvait attendre le lendemain pour consigner les événements de la nuit.

A0 J104

Terrible tempête cette nuit. Un phénomène extrêmement...

Un peu plus tardivement que prévu, Gabriel entra dans l'eau le lendemain matin. Le temps était de nouveau paradisiaque. Il entama aussitôt quelques brasses en direction d'un récif sous l'œil intrigué de Whisky. Le courage de ce dernier ne prévoyait aucune limite, sa témérité en revanche ne l'autorisa qu'à mouiller le bout de ses pattes. De toute façon, son maître n'allait jamais très loin et il n'avait nullement l'intention de déranger les étranges bestioles qu'il voyait nager...

Gabriel atteignit rapidement un écueil qui se situait largement au-delà de la frontière identifiée la veille. Il ne remarqua rien d'anormal. Aucune structure, ni aucun champ de force...

Déçu et encouragé par les aboiements de Whisky, il décida de rebrousser chemin pour rejoindre le rivage. Mais un obstacle l'arrêta soudain. A quelques mètres devant lui, le dos large et massif d'un animal émergea hors de l'eau. Gabriel stoppa net et pensa immédiatement : « Carnivore ? Herbivore ? »

Il fit le moins de mouvement possible puis mit la tête sous l'eau. Rien à signaler... La mer était très calme, trop calme. Il décida qu'il valait mieux rentrer en nageant sous l'eau pour passer le plus inaperçu possible. Mieux valait ne pas davantage agiter la surface et signaler sa présence... Il nagea rapidement, les yeux grands ouverts. A mi-chemin il s'arrêta et se retourna. Ce qu'il vit lui glaça le sang : une bête de près de huit ou dix mètres passa non loin, près du récif. Une tête allongée, une longue queue et quatre grandes nageoires en guise de pattes... Carnivore !

Il sortit de l'eau passablement secoué par cette mauvaise expérience. Il éviterait de jouer à la proie à l'avenir...

A0 J105

Terminé ma lecture des romans et poèmes de P.Gerla, je n'ai pas accroché. J'ai des tonnes de bouquins et pas un ne traite de l'évolution des espèces ! Un comble !

3

A0 J221

Coup de déprime encore et toujours… Météo splendide.

Je me sens vide, je suis vide… Je me sens dépérir, sans compter mon état psychologique qui me préoccupe.

Lorsque Gabriel se leva le lendemain, le Soleil était déjà haut dans le ciel. Il était resté de longues heures au lit à cogiter et à suivre le rectangle lumineux que l'astre projetait dans la pièce.

Il se dirigea finalement vers le petit lavabo et s'aspergea négligemment. Il enfila une nouvelle chemise puis sortit de la maison pour grignoter un morceau. Il n'avait pas faim mais qu'avait-il d'autre à faire ? Vide de toute motivation, il fit quelques pas au dehors, bailla bruyamment et s'étira. Mais soudain il se figea : une femme était assise à sa table, immobile, les bras croisés et le regard perdu vers l'océan. Whisky était allongé à ses pieds.

A cet instant Gabriel n'envisagea que deux hypothèses :

« Je suis encore en train de rêver - Je délire »

Il resta planté là, sans bouger et sans même respirer. Mais bientôt le besoin irrésistible de parler à un autre être humain le poussa à l'action.

Il s'approcha prudemment avec une seule idée en tête : venir tapoter l'épaule de cette étrange apparition pour en vérifier le degré de réalité.

Mais la femme prit les devants. Elle tourna lentement la tête, sourit et dit calmement :

« Bonjour Gabriel ! »

Ce dernier poussa un cri et recula de plusieurs pas.

« Allons Gabriel, viens t'asseoir, nous avons à parler... »

Il reconnut la femme à la salamandre, la femme de son hallucination !

« Etes-vous réelle... ?

- Oui et non Gabriel, ce que tu vois est réel, par contre je n'existe pas tel que tu me vois...

- Qui êtes-vous... ?

- Peu importe, disons que je suis une amie...

- Peu importe... ?

- Gabriel, je suis une entité immatérielle qui regroupe plusieurs consciences... Je ne peux répondre à la question « qui êtes-vous». Je suis là pour t'aider et répondre à tes questions.

- Est-ce vous qui êtes responsable de tout ça... ?

- Oui.

- Est-ce ma décision ?

- Oui.

- Quel est votre but ?

- Je te l'ai dit Gabriel, je suis là pour t'aider. Plus précisément, je viens t'assister pour décider quel avenir tu souhaites donner à cette planète.

- N'a-t-elle pas un avenir tout tracé ?

- Nous avons ensemencé nombre de planètes Gabriel. La Terre a été la seule à voir émerger une espèce intelligente telle que l'homme dès son premier cycle. La probabilité était proche de zéro. Sans notre intervention, l'Homme ne serait jamais réapparu les cycles suivants.

- Dois-je en déduire que vous me demandez si je souhaite à nouveau voir l'Homme fouler cette planète ?

- Précisément !

Gabriel réfléchit un instant puis répondit :

« Je dois avouer qu'il y a quelques mois et dans l'euphorie de savoir cette planète entièrement « naturelle », privée de cette espèce nuisible à laquelle j'appartiens, j'aurais longuement hésité... Mais aujourd'hui je supporte difficilement d'avoir survécu à la disparition de milliards d'êtres humains... D'autre part...

- Oui Gabriel ?

- Et bien toutes ces œuvres... Elles rachètent bien les pauvres hommes que nous sommes...

- Bien sûr Gabriel ! Quant à ces milliards d'êtres humains, ils n'ont en rien disparu. Ils naîtront à nouveau Gabriel, leurs souffles ne sont ni perdus ni égarés.

- Oui, je vois...

Guère convaincu, il ne voulut pas poursuivre sur ce terrain et changea de sujet :

« Il y a une chose que je ne comprends pas, vous semblez pouvoir interférer avec le cours de l'évolution... ?

- En effet...

- Dans ce cas, pourquoi ne pas assister l'Homme au delà de son évolution et éviter ainsi la répétition de cycles ?

- C'est très simple Gabriel, nous ne le pouvons pas.

- Tout à l'heure je vous ai demandée quel était votre but, je parlais de votre but dans un sens plus général, pourquoi intervenez-vous ?

- Parce que cela doit être fait et que nous désirons le faire Gabriel ; au même titre que l'Homme est poussé vers la perfectibilité et qu'il cherche à procréer.

- Vous évoquez là un comportement instinctif ? Vous ne le savez donc pas vraiment ?

- C'est exact Gabriel.

- Combien êtes-vous ?

- Nous sommes tous devant toi.

- Connaissez-vous votre origine ? Avez-vous évolué ?

- Nous sommes apparus avec la naissance de l'univers, nous en sommes une émanation, une vibration, une énergie résiduelle.

- Me dites-vous la vérité ?

- Bien sûr Gabriel.

- Pourquoi m'êtes-vous apparue dans une hallucination ?

- Nous ne l'avons pas fait.

- Je ne comprends pas, je…

- Nous avons pris la forme d'un être présent dans ton esprit. Si cela te déplait nous pouvons en changer ! Lorsque l'équipe du professeur Kant a tenté de te tuer à l'aide de leur terrible machine, ton esprit a « matérialisé » cette dernière sous les traits de cette femme. Si tu te souviens, elle n'a pu venir à bout de toi… Quant à la salamandre, cet animal miraculeux qui résiste au feu, elle te donnait la clef de ta survie : le vide. Le vide de ton esprit.

- Ah, je vois… »

Gabriel n'écoutait pas vraiment, il regrettait que cette « femme » n'eût pris les traits de Léna, mais au fond, c'était bien mieux ainsi… Il reprit :

« L'Homme, a-t-il un but ?

- Non, pas plus que les autres espèces, pourquoi en aurait-il un… ?

- Hum… »

Gabriel était déçu, peu à peu il avait cru se voir révéler les plus grands mystères de l'univers.

« Combien de temps dois-je rester ici ?

-     Cela ne sera pas très long, le temps est considérablement ralenti sur l'île. Ton successeur devrait naître d'ici deux à trois cent ans.

-     Que vais-je faire pendant si longtemps…enfermé sur cette île… Je vais en perdre la raison… !

-     Non Gabriel, ton esprit particulier devait prendre la bonne décision mais il est également prédisposé à supporter cette attente. Tu as assez de livres dans les étages inférieurs. Nous interviendrons si nécessaire. D'autre part, tu pourras quitter cette île lorsque les premières civilisations seront établies. Nous t'emmènerons. Mais nous devons partir maintenant.

-     Attendez ! Comment vous appelez-vous ?

-     Nous n'avons pas de nom, tu en choisiras un si tu veux.

-     Comment vous contacter, quand vous reverrais-je ?

-     Tu ne le peux pas. Dans approximativement une cinquantaine d'années. »

Tous deux se levèrent de leurs chaises.

Gabriel prit la main de la femme et la serra fermement.

Elle regarda son geste, étonnée.

« Au revoir Eva, ce n'est pas très original mais…

-     Eva ? Non j'aime bien. Elle sourit. Au revoir Gabriel. »

A21 J143

L'ouvrage des pensées philosophiques de K.Hyu m'a bouleversé. Lecture ardue. A comparer avec le livre de Leman.

4

Gabriel émergea de son sommeil avec un sentiment d'inconfort : il avait terriblement mal dormi. Son dos était endolori et sa chemise trempée. Mais ces petites préoccupations matinales volèrent bientôt en éclats : soudain un terrible fracas le fit sursauter ! Tout près de lui, il crut distinguer comme une énorme branche qui gisait au sol... Et si ce mini cataclysme se chargea d'abréger un processus qui d'ordinaire traîne en longueur pour s'achever par de délicieux étirements, son caractère totalement irréel et improbable l'invita à ne pas s'alerter et à replonger dans les songes (il devait rêver...).

Mais bientôt, le survol et le harcèlement intempestif d'une nuée d'insectes troublèrent cette douce résolution. Finalement, un bref mais puissant vrombissement le poussa à entrouvrir les yeux. Ce qu'il vit alors le terrifia : une libellule géante reposait sur son torse. Sa tête pivotait dans tous les sens et le fixait de ses énormes globes à facettes. Un cri enroué la fit décoller en soulevant un nuage de poussière. Cette fois parfaitement conscient, Gabriel se frotta les yeux et se leva lentement. Ce qu'il vit alors le laissa sans voix : autour de lui, une végétation dense et luxuriante le cernait de toute part ! Il lui fallut alors plusieurs minutes avant de déclarer :

« Forêt primaire, C'est une forêt primaire ! Je suis dans une forêt primaire... ! Mais comment j'ai atterri là moi ?!»

Ce fut là ses premiers mots de la matinée et sans doute les premiers à résonner dans cette cathédrale végétale.

Pour être moins idyllique et plus proche de la réalité, Gabriel n'entendit pas même le son de sa voix ! Car il régnait ici une réelle cacophonie !

Craquements, Bruissements, Sifflements,
Grondements souterrains, Grognements,
Rugissements, Hululements, Percussions,
Cris & Stridulations infinies...

Mais Gabriel n'intégra pas cet orchestre primitif ; jugé et recalé, sa timide élocution resta purement et simplement aux portes du vacarme animal et végétal.

Il prit alors le temps de faire un tour sur lui-même pour, à travers tous ses sens, s'imbiber du spectacle grandiose.

Puis, tel un nouveau-né, il effectua maladroitement ses premiers pas. Gabriel n'était vraiment pas rassuré ; pieds nus, il progressait péniblement sur le sol jonché de débris végétaux qui devaient, pensait-il, receler d'épines, de dards et de substances urticantes. De plus, il devait sans cesse surveiller les trajectoires d'insectes ailés monstrueux aussi rapides que maladroits : il ne craignait pas tant une collision qu'une piqûre ou une morsure mal placée.

Malgré cet environnement hostile, il faisait parfois une halte, comme fasciné... Tantôt il caressait le tronc immense d'une fougère arborescente, tantôt les feuilles gigantesques et caoutchouteuses de plantes inconnues.

Instinctivement, il se dirigeait vers une zone où la végétation semblait plus clairsemée.

Encore bien trop fasciné et excité pour s'alarmer de son sort, il avançait comme un enfant subjugué par l'aventure.

Mais soudain, après quelques mètres parcourus, un brutal et profond silence envahit l'espace ! Gabriel se figea aussitôt et cessa immédiatement de respirer... Il n'était là que depuis quelques minutes mais tout novice qu'il était, il le savait, mieux valait ne pas se faire remarquer.

Finalement, il tendit une oreille qui, révoltée par l'absence de bruit, n'accepta qu'à contrecœur de révéler un léger grondement continu et lointain...

« Ce doit être un torrent... » pensa Gabriel comme pour se rassurer... Mais rien n'y fit. Instinctivement, une angoisse le submergeait irrémédiablement. Il était là, à découvert et presque nu comme un ver... Et plus les minutes passaient, plus il avait le sentiment... d'être observé !

A quoi rimait ce silence ? Etait-ce la levée de rideau ? Tout le monde semblait aux premières loges pour observer cette curieuse bestiole toute rose. Gabriel sentit un frisson le parcourir : sans griffe ni croc, il n'était rien de moins qu'un morceau de viande jeté en pâture... Allait-il se faire déchiqueter et dévorer ?

Bientôt cette tension devint insupportable. Dans son esprit, les messages contradictoires défilaient et s'opposaient presque violemment : son instinct l'alertait alors que sa raison tentait de le rassurer.

Gabriel le sentait, il perdait le contrôle. Son cœur cognait de plus en plus fort et sa poitrine n'était plus qu'une lourde cage de pierre qui lui bloquait la respiration.

Pourtant... toujours aucun bruit et pas la moindre trace d'un quelconque prédateur. Alors quoi ? Pourquoi s'affoler ? Mais ce silence...

Ne pas comprendre, ne pas savoir quoi faire le torturait ! Alors soudain et avant même d'en avoir conscience, Gabriel poussa un cri, un cri terrible, un cri de rage qui résonna au plus profond de la forêt !

Rien…aucune réponse, toujours ce silence assourdissant…

Mais après quelques minutes, une chose étrange se produisit, lentement les insectes reprirent leur balai incertain, presque timidement. Puis peu à peu, chacun leur tour et comme suivant une partition invisible, toutes les espèces réintégrèrent l'orchestre sauvage.

Bientôt toute la forêt palpita à nouveau avec la même folle et bruyante exubérance. Gabriel n'était plus un intrus, les présentations étaient faites. Chaque espèce avait entendu son cri, l'avait jugé, reniflé puis catalogué comme proie ou prédateur… La partie pouvait reprendre !

Encore figé dans une tension extrême, il se relâcha alors peu à peu… Un délicieux soulagement l'envahit… L'alerte semblait passée. Mais sans attendre, il reprit aussitôt son « chemin ».

Il avait en effet aperçu à travers la cime des arbres de d'inombrables nuages lourds et menaçants ; un orage approchait, il devait rapidement trouver un abri. De plus, si le soleil disparaissait, Gabriel risquait de perdre cette piste aussi fragile qu'hypothétique que son esprit avait tracée.

Il se sentait plus confiant à présent et progressait avec une plus grande assurance à travers la végétation. Il prit rapidement le réflexe de poser les pieds sur les bouts de bois et d'écorces qui tapissaient le sol.

Après de longues minutes et à sa plus grande surprise, il écarta enfin les derniers branchages et là, il stoppa net, le souffle coupé… !

Il avait pensé déboucher sur une clairière ou un plan d'eau, mais ce fut un vaste et lourd promontoire rocheux qu'il découvrit. Lentement, Gabriel quitta la végétation et pénétra dans un monde de silence.

Profondément ému, il avança jusqu'à l'extrémité de la plate-forme.

Aussitôt, il fut instantanément saisi par la vue qui s'offrait à lui : c'était de toute beauté ! Là, devant lui et s'étalant sur des kilomètres, une immense et profonde gorge verdoyante se déployait sous ses yeux. En plongeant son regard, il fut prit de vertige ! Le dénivelé était en effet tel, qu'à mi-hauteur, de longues nappes nuageuses se noyaient dans la cime des arbres.

Gabriel se laissa griser et enivrer par le paysage ; seuls quelques cris inquiétants résonnaient parfois au milieu de cet univers et troublaient la contemplation.

Soudain, une bouffée d'air originelle et primitive, chargée de senteurs lourdes et enivrantes, frappa son visage puis enveloppa tout son corps. Gabriel inspira et se délecta de chaque molécule aromatique, ses sens en furent presque violemment stimulés. Il plissa les yeux de plaisir. En cet instant, il prit pleinement conscience du joyau qu'était cette planète. L'émotion le submergea ! Quel sentiment grisant d'avoir été comme propulsé dans le passé, aux origines même de la vie !

Mais soudain une ombre apparut dans son esprit et le troubla. Brutalement, il prit conscience de ce qui était pourtant une évidence : son absolue solitude !

Comme un écrin, son île semblait l'avoir préservé de ce sentiment, mais à présent, et face à cette immensité, il en était submergé ! Il resta là de longues minutes, immobile et sans pensée. Des larmes, tant de joie et d'excitation que de désespoir inondèrent alors ses yeux, puis coulèrent le long de son visage.

Bientôt Gabriel s'effondra et tomba à genoux comme prostré. A nouveau une douleur le saisit à la poitrine. Il n'était plus qu'à demi conscient et en état de choc.

Etrangement, cet état initia un processus longtemps resté latent en lui, peu à peu son esprit s'éteignit…

Dans un silence fracassant, son esprit quitta cette réalité…

Lentement et de façon irréversible, son esprit perdit peu à peu toute consistance et devint simples particules élémentaires. Sa représentation du monde, sa vision de toutes choses volèrent en éclats. Toutes ses pensées et tous ses souvenirs s'évaporèrent, son esprit reconnut et accepta le vide.

Sa conscience s'ouvrit alors et rayonna au-delà de ce corps, au-delà de ce monde, sans plus de limite aucune.

Plusieurs jours passèrent…

Puis, peut-être un matin, s'initia un processus étrange… Avec une infinie lenteur et à l'image de grains de poussière qui se déposent, les particules de son esprit se mirent en branle. Perdues jusqu'au fin fond de l'espace, elles réintégraient le corps originel, comme mues par une brise légère.

Son esprit se recomposait…

Tel fut au-delà du Temps, tel fut au-delà de l'espace.

Le soleil se coucha et se leva à de multiples reprises, puis par une nuit somptueuse, Gabriel ouvrit les yeux comme pour la première fois.

Il avait l'étrange sensation que son esprit redémarrait, comme après une longue veille. Il dut rétablir des connexions et reprendre conscience de certaines fonctionnalités.

Il prit alors conscience d'être resté là plusieurs jours et plusieurs nuits, immobile.

Resté là, plus proche du minéral que du biologique, il devait à présent recouvrer sa qualité humaine et animale, réapprendre le geste et le verbe.

En passant la main sur son visage, il constata que sa barbe avait poussé, il avait également profondément maigri.

« Combien de jours… ? » se demanda t-il.

Le temps était couvert et il pleuvait légèrement.

Doucement, péniblement, il porta une main à sa bouche et recueillit quelques douces gouttes de pluie.

Puis, levant les yeux, Gabriel aperçut au loin de lourds et sombres nuages que parfois déchiraient de terribles éclairs.

5

Gabriel était comme sur un nuage, l'esprit vaporeux. Il goûtait sans limite ce nouvel état de conscience, mais une petite voix en lui, bien plus terre à terre, était inquiète.

Certes ces derniers jours l'avaient métamorphosé, transfiguré, mais qu'importait lorsqu'il risquait purement et simplement de mourir de faim !

Les quelques baies avalées sans trop de certitude n'avaient nullement reconstitué ses réserves énergétiques. Il n'avait plus le choix à présent : malgré le risque d'une mauvaise rencontre, il devait explorer les environs à la recherche d'une nourriture plus consistante.

Il composa un plan et décida de partir vers la droite du promontoire, alors il ratisserait le sol en descendant la pente.

Gabriel ramassa un solide bâton et la faim au ventre, partit à la chasse !

Quelle bestiole allait-il rencontrer ? Il le savait, il ne ramènerait ni poule sauvage ni savoureux gibier, tout au plus et au mieux, un gros lézard… Et encore, un vieux qui ne courre pas trop vite !

S'aidant de son bâton et agrippant la végétation, Gabriel parvint à progresser le long de la pente.

Consciencieusement, il inspectait chaque touffe, chaque feuille et secouait chaque fougère dans l'espoir de dénicher quelque chose de comestible. Mais cette technique l'épuisa rapidement. Il préféra bientôt celle qui consiste à s'asseoir et à attendre que son repas daigne se présenter de lui-même.

Après deux heures d'attente, la faim finit par se rappeler à lui. Il allait se relever lorsque soudain, un bruit attira son attention : à une quinzaine de mètres sur sa gauche, il aperçut un gros reptile. Sans faire de bruit, il saisit son bâton, se releva et tenta une approche.

L'animal rampant se tenait au sommet d'un monticule de terre et de végétation.

Se dissimulant derrière les troncs, Gabriel parvint à approcher l'animal, il n'en était plus qu'à quelques mètres à présent...

Mais soudain son repas se raidit en regardant dans sa direction. Une longue et étrange langue balayait l'air avec inquiétude ...

Gabriel était repéré, il le savait. Il devait passer à l'attaque.

Il chercha un instant dans sa mémoire le souvenir atavique d'une quelconque stratégie héritée de ses ancêtres, puis tenta d'en composer une. Finalement l'aiguillon de la faim le poussa à improviser. Il se jeta hors de sa cachette, son arme au dessus de la tête.

Le cri qu'il poussa fut convaincant, sa course et son coup de bâton, déplorables.

Dépité, Gabriel regarda impuissant l'animal filer en dévalant adroitement la pente. Il s'assit par terre et tenta de retrouver ses forces à défaut de sa fierté.

Même si la situation était plus que préoccupante, il ne put se résoudre à repartir en chasse. Tout au plus resterait-il là à attendre une nouvelle opportunité. Il tendit le bras pour saisir le bâton encore planté dans la butte de terre, lorsque ce faisant, une boule blanche roula jusqu'à ses pieds !

Gabriel attrapa l'étrange objet et se releva. L'arme se transforma en outil et éventra davantage le monticule. Aussitôt apparurent une vingtaine de ces mêmes et étranges sphères immaculées… !

Gabriel se gratta la tête, fronça les sourcils et s'abîma dans une intense et profonde réflexion qui ne vint pas à bout de cette énigme. Agacé, son estomac sollicita ses quelques neurones en renfort de ceux des deux hémisphères[1]. La motivation de ces nouvelles recrues et la réminiscence de quelques lointains enseignements sur les espèces disparues produisirent l'effet escompté :

« Des œufs, ce sont des œufs… ! » s'exclama Gabriel.

Aussitôt il attrapa quelques grosses feuilles et les garnit avec précaution.

Le butin dans le creux de ses bras, il allait faire demi-tour pour rejoindre le promontoire qui avait déjà comme un parfum de « *home sweet home…* ». Mais il était situé à une bonne dizaine de mètres plus haut. Il ne pouvait prendre le risque ni de s'épuiser plus encore ni de casser l'un de ses précieux œufs.

C'est alors que là… entre la végétation, apparut comme l'entrée d'une grotte. Il approcha avec précaution puis y pénétra. S'habituant rapidement à l'obscurité, il en discerna l'extrémité à plus de dix mètres.

Gabriel s'accroupit, déposa son paquet sur le sol et en tira aussitôt un œuf. Il le tapota doucement contre une petite pierre et en goba le contenu en faisant la grimace.

Soudain il se redressa et arpenta le sol. Il devait faire un feu pour se réchauffer et cuire son repas. Il finit par trouver

---

[1] Quelques neurones sont en effet présents au niveau de l'estomac, il s'agit du système nerveux entérique (N.d.T.)

deux silex dont il parvint à produire une belle gerbe d'étincelles.

Plein d'entrain, il fit un petit tas de brindilles et de mousse et reprit ses deux pierres... Après plus d'une heure d'effort et sans résultat aucun, il se releva et observa son foyer... sans feu.

Dépité il jeta les silex et alla gober un œuf.

En fin d'après-midi et après avoir gobé la moitié de son butin, Gabriel parvint enfin à roussir la mousse. Aussitôt ses mains se firent écrin pour entourer et protéger la minuscule et fragile étincelle. Enfin, maîtrisant son excitation, il souffla avec la plus douce retenue... Une flamme apparut.

Quelques minutes plus tard, un petit feu crépitait près de la paroi. Gabriel plaça les derniers œufs tout autour du foyer et put bientôt déguster un vrai repas.

Ses forces revinrent rapidement mais une terrible fatigue le saisit.

Sans chercher à lutter, il s'allongea près de l'âtre et s'endormit aussitôt.

Le lendemain matin, Gabriel réveilla les braises.

Tout en cassant une coquille, il eut une petite pensée pour cette couvée sacrifiée et cette pauvre mère qu'il avait chassée.

Mais après tout, ce reptile : « Mère ou prédateur ? Qui me dit que cette bestiole ne s'apprêtait pas à me subtiliser mon repas ? Whisky ! ».

Soudain il pensa à son chien avec inquiétude : « qui s'occupait de lui ?! »

Toute la matinée Gabriel arpenta les environs. Il ne vit pas le moindre animal et ne ramena que quelques fruits et un gros tubercule qu'il prévoyait de laisser cuire sur un lit de braises.

En début d'après-midi, il constitua une réserve de bois qu'il mit à sécher au fond de la grotte. Puis, assis près du feu, il pensa à cette étrange aventure :

« ça rime à quoi tout ça ? Quelque chose a déraillé ?! »

Il resta jusqu'au soir assis à l'entrée de la caverne en jetant de temps à autre une bûche au milieu des flammes.

Cette nuit là, il veilla assez tard et toujours armé de son bâton. Peu avant le coucher du Soleil, le cri puissant d'un animal avait retenti. Son message était clair : c'est l'heure du repas !

Gabriel s'était fait une assez bonne idée tant de la taille de l'animal que de son régime alimentaire. L'état d'alerte était donc selon lui parfaitement justifié… Certes ce gros carnivore n'avait jamais croisé d'être humain, mais qui pouvait prédire de la non-appétence de son palais pour des mets plus exotiques ? Et comme pour conforter sa crainte, Gabriel se souvint de sa propre expérience : n'avait-il pas dérogé à son propre régime alimentaire en poursuivant le reptile… ? A cette pensée, il serra plus fort encore son modeste bâton.

Mais en moins d'une heure, la fatigue eut raison de son instinct de survie. Sa tête se fit de plus en plus lourde et tomba bientôt, inerte.

Après quelques heures d'un profond sommeil, Gabriel se réveilla brusquement comme en alerte. Aussitôt ses mains firent le geste comme pour saisir son arme. Rien !

Il se retourna et ne parvint à saisir qu'une forme souple et molle ; aussitôt son cerveau composa une image que son esprit ne comprenait pas… *oreiller* :

« Oreiller ?! »

Il regarda tout autour de lui, incrédule et totalement interloqué ! Les yeux ouverts, il n'en palpa pas moins la couverture puis les bords du lit.

D'un bond, il se retrouva debout et jeta des regards affolés dans toute la pièce. Enfin, il inspira profondément. Ce dernier sens lui confirma qu'il ne délirait pas : il reconnut le parfum de l'île !

Fou de joie et les larmes aux yeux, il sortit au dehors.

Le Soleil était levé mais, il le sentait, il était encore tôt.

Soudain il appela : « Whisky ! Whisky ! Viens ici poilu ! »

Gabriel ne comprenait pas, il aurait déjà dû le trouver sur le lit, dormant de tout son long. Il appela sans cesse en faisant approximativement le tour de l'île. Pas la moindre trace…

Il retourna finalement vers la petite maison et s'assit à la table. Il observa les assiettes fraîchement garnies. Ce festin qui eut comblé tous ces espoirs la veille encore le laissa en cet instant totalement de marbre. Hagard, il observa la mer en soupirant lourdement.

Soudain, il remarqua la présence de nombreux débris sous la table et encore aux alentours. Il reconnut des morceaux d'assiettes et même de verres…

Tout en cherchant à résoudre cette énigme, il aperçut une petite forme noire approcher, la tête basse, en signe de repentance… Et soudain, Gabriel comprit ; du doigt il pointa le sol et réprimant un sourire, apostropha son chien :

« C'est toi qui a fait ça, hein ?! »

Whisky était plus bas que terre, il remuait la queue timidement et avec hésitation. Mais la joie les submergea bientôt tout deux et Gabriel le prit dans ses bras sans chercher à esquiver les coups de langue hystériques.

A21 J151

Que dire, expérience époustouflante… Quel bonheur de reprendre ma vie sur l'île.

A56 J71

Terminé la lecture des ouvrages des deux premiers cycles. Sélectionné une vingtaine de livres qui me semblent majeurs.

Gabriel avait estimé à environ trente cinq mille le nombre d'ouvrages littéraires contenus dans les différents étages ; Œuvres romanesques, philosophiques et poétiques. Il lisait trois livres par semaines.

Le matin et le soir, il se livrait à des exercices de méditation pour apaiser son esprit, non sans difficulté : un certain Whisky n'appréciait guère ces moments de calme et le faisait savoir par des aboiements intempestifs ou des gémissements sur-aigus.

Peu à peu Gabriel oublia totalement ses angoisses, ses craintes et vécut en paix avec lui-même. Il devint une sorte d'ascète et d'anachorète par contrainte.

Un soir, il était assis à table et terminait son dîner en profitant de la douceur du large. Soudain il sourit.

Au bord de l'eau se tenait Eva. Elle le regardait fixement. Il se leva et la rejoignit

Ensemble ils fixèrent l'horizon sans dire un mot. Eva finit par se tourner vers lui et dit simplement :

« Comme tu as changé Gabriel, comment vas-tu ?

- Très bien, mais je ne goûte pas mon plaisir de vous revoir !

- Nous sommes également heureux de te revoir. »

Whisky les rejoignit et salua Eva comme une vieille amie.

« Gabriel, je viens te demander si ta réponse reste inchangée.

- Absolument.

- Très bien.

- Mais je suis prêt à tergiverser si cela peut prolonger votre visite… dit-il en souriant. »

Etrangement elle rit et ajouta :

« Nous comprenons Gabriel, d'autant que je ne reviendrai pas avant deux cents ans… »

Il ne répondit pas. Il pointa simplement le doigt vers le ciel et ajouta :

« Regardez ! Les premiers volatiles ! Ce sont sans doute des sortes de ptérodactyles ! Cela n'a pas la grâce de l'albatros mais c'est déjà un début ! N'est-ce pas ?

- En effet Gabriel, en effet. »

A251 J96

Tâche accomplie. Ma bibliothèque personnelle compte 308 volumes. Envisage d'écrire le mien, une sorte de modeste et humble synthèse.

J'attends Eva.

…

A257 J21

Mon livre est terminé.

J'attends Eva.

Gabriel se changea et passa à l'épaule une petite sacoche. Il fit quelques pas au dehors et s'arrêta.

« Es-tu prêt Gabriel… ? » demanda Eva.
-    Oui Eva, que dois-je faire ?
-    Rien, viens simplement près de moi.
-    Je…
-    Détends-toi Gabriel, tout va bien se passer, là… Ferme simplement les yeux, cela sera moins perturbant. »

Il ne ressentit qu'un étrange frisson, aussitôt Eva lui annonça :
« Là, nous sommes arrivés »
Gabriel était un peu déçu, il avait espéré un voyage plus spectaculaire mais lorsqu'il ouvrit les yeux… :

Abrité derrière quelques végétaux, il aperçut en contrebas un ensemble sommaire de constructions de bois. Un groupe d'hommes et de femmes vêtus de cuir se tenait près d'un feu. Malheureusement, il n'entendait que faiblement leurs paroles. Soudain une poignée d'enfants traversa la place en courant et en criant.
Gabriel était stupéfait, fasciné. Il resta immobile, les yeux grand ouverts, sans même oser respirer.
Il voulut s'adresser à Eva mais il ne put articuler le moindre mot. Non loin des habitations, il   découvrit un

enclos qui contenait quelques chevaux. Puis finalement, une vache apparut, sans surveillance et suivie de quelques poules. Peu à peu, il entendit bientôt tous les bruits du village : le travail du métal, le chant des femmes préparant le repas. Il perçut également, mais sans les voir, les cris vigoureux de jeunes guerriers qui s'entraînaient.

Eva attendit quelques minutes, puis sans le prévenir le ramena sur l'île. Il était en état de choc. Elle dut l'aider à s'asseoir.

Il lui fallut plusieurs minutes pour recouvrer son souffle et respirer normalement. Il demanda :

« Pourquoi ? Est-ce... l'âge de Bronze... C'est bien ça Eva ?

-    Oui le début de l'âge de Bronze. Comment vas-tu ? Tu m'as inquiétée Gabriel...

-    Non ce n'est rien, peut-être une... trop forte émotion...

-    Il faudrait peut-être ne pas tenter un nouveau voyage... »

Gabriel saisit fermement la main d'Eva et lui dit :

« Si Eva ! Il le faut absolument !

-    Ce n'est peut-être pas raisonnable...

-    Je vous en prie...

-    Bien mais tu m'as demandée de visiter l'une des principales villes juste avant l'ère industrielle... Pour toi cela veut dire demain en fin de matinée !

-    Déjà !

- Oui Gabriel, un peu moins de quatre milles ans se seront écoulés… Si tu n'es pas en état, nous ne partirons pas. Est-ce bien clair Gabriel ?

- Parfaitement. Mais ne vous inquiétez pas, tout ira bien. Il le faut ! Il le faut…

- Bien dans ce cas à demain Gabriel.

- Merci Eva… Eva ?

- Oui ?

- J'ai une question, parfois tu dis "nous" et d'autre fois "je"…

- Je suis parfois seule à m'exprimer Gabriel… »

8

Gabriel se réveilla le lendemain matin parfaitement détendu et en pleine forme. Il avait même nagé un peu avant de prendre un copieux petit déjeuner.

Le ciel était légèrement couvert mais restait comme toujours très agréable. Il fit le tour de l'île accompagné de son fauve à la recherche de nouvelles espèces animales. Après plus de deux heures d'investigation, le bilan fut décevant. Seul Whisky manifestait un enthousiasme débordant et poursuivait sans relâche le moindre lézard.

De retour à la maison, Gabriel aperçut Eva qui attendait patiemment près de l'entrée.

« Bonjour Eva, je suis prêt dans deux minutes, le temps de prendre mes affaires... »

Sans s'éterniser, il fila aussitôt à l'intérieur. Gabriel se dirigea alors vers une petite table sur laquelle reposait une sacoche. Il allait en saisir la bandoulière lorsque soudain il se figea comme perdu dans une profonde réflexion.

Là, immobile, il semblait remettre en question une résolution pourtant longtemps méditée... Mais brusquement, et comme revenu à la réalité, il attrapa la sacoche et rejoignit précipitamment Eva.

« Allons-y je suis prêt ! » dit-il simplement, le regard un peu sombre.

-    Bien Gabriel, mais si tu ne supportes pas le voyage, je te ramène immédiatement. Sommes-nous d'accord ?
-    Parfaitement !

Lorsqu'il ouvrit les yeux, Eva se tenait juste en face de lui. Elle le fixait intensément.

« Je vais bien Eva … »

Il ne termina pas sa phrase. Ils se trouvaient à l'angle d'un bâtiment de pierre, la partie supérieure était en revanche entièrement faite de bois. Dans la rue un homme passa à cheval et les toisa un peu intrigué. Gabriel s'adressa à lui :

« Pardonnez-moi monsieur, pouvez-vous m'indiquer le chemin de l'université ou de tout autre haut lieu d'enseignement ?

- Il n'y a pas d'université ici étranger, notre école des sciences est par contre de grande renommée… »

L'homme aperçut le visage de Gabriel s'éclairer et poursuivit :

« Prenez cette rue jusqu'à la place des fontaines, de là vous verrez l'église des saints-pères. L'école se trouve juste à côté. »

Gabriel remercia le cavalier avec un enthousiasme qui ne fit qu'accroître sa méfiance à leur égard. L'homme reprit son chemin sans se retourner.

« Encore grand merci monsieur ! Allons Eva, par ici !

- Pourquoi tiens-tu à visiter cette école ?

- C'est important pour moi… Dit-il simplement. »

Gabriel avança en pressant le pas, sans même attendre Eva. Il regardait de tous côtés, émerveillé comme un jouvenceau. Il goûtait l'agitation de la rue : les cris, les rires, les harangues des commerçants, les odeurs fleuries et parfois exécrables…

Soudain la cloche de l'église sonna lourdement et de façon magistrale. Elle semblait figer le temps. Comme un signal, Gabriel attrapa sa sacoche et fila.

« On se rejoint là bas !! » dit-il simplement à sa compagne.

Il traversa la place et aperçut en effet l'église au dessus des toits. Elle était grandiose et humble à la fois. Il aurait voulu s'arrêter pour en visiter l'intérieur mais il n'avait pas le temps.

Au-delà des jardins, il vit une large et imposante bâtisse, entièrement en pierre cette fois-ci. Lorsqu'il se présenta devant l'entrée, les deux lourds battants étaient grand ouverts.

Sur le fronton, il put lire :

« Ecole des Sciences et des Lettres des Saints Pères »

Parfait se dit-il ! Il constata avec soulagement qu'aucun gardien zélé ne lui bondit dessus pour questionner sa légitimité à fouler ces lieux. L'architecture rappelait un monastère ; à l'origine cette école devait appartenir à l'église se dit-il.

Lorsqu'il entra plus avant Gabriel découvrit un grand espace marqué par une cour intérieure. Il s'agissait plutôt d'un jardin traversé par de multiples allées. Au centre, une place circulaire avec quelques bancs et une petite fontaine.

Gabriel approcha rapidement. Sur l'un des bancs trois hommes étaient assis : manifestement deux étudiants et leur professeur.

Ce dernier était d'un âge respectable et écoutait patiemment et avec indulgence les commentaires agités de ses élèves. Un sourire doux et aimable marquait son visage.

Gabriel se planta face à lui. La discussion animée s'interrompit aussitôt. Le professeur leva des yeux courtois pour croiser ceux de l'étrange visiteur. Ce dernier fouilla dans sa sacoche et sortit un grand livre à l'allure peu commune puis il le tendit au vieil homme. Mais ce dernier ne réagit aucunement pour saisir le présent. Au lieu de cela, son visage s'illumina étrangement : il paraissait comme subjugué par le regard troublant de cet étranger : ses yeux étaient clairs et limpides, d'une profondeur remarquable, ils débordaient d'une sérénité qui dénotait avec son jeune visage... Finalement, les mains du vieil homme se saisirent de l'imposant ouvrage.

Gabriel ne dit pas un mot et fit aussitôt demi-tour sans même jeter un regard en arrière. Le professeur quant à lui ne semblait pas avoir retrouvé l'usage de la parole. Il restait sans réagir, le livre entre les mains et le regard perdu sans même chercher à reprendre ses esprits. Les deux étudiants n'obtenant aucune réponse du maître échangèrent bientôt des regards impuissants, chacun espérant une réponse de l'autre sur ce qu'il fallait à présent entreprendre.

Lorsqu'enfin le vieux professeur reprit ses esprits, un sentiment désagréable l'envahit. Son ego qu'il croyait mourant au fond d'un cachot tambourinait rageusement et exigeait audience : La sagesse ? N'était-elle pas la douce et exclusive consolation de la vieillesse… ? Et pourtant… cet étranger était si jeune… !

Mais le vieux maître ne s'en laissa pas plus longtemps troublé et résolut rapidement le trouble de son ego.

Une dernière chose le perturbait, il avait cru voir un égal, mais à présent… Non ! Ce jeune homme s'était planté là devant lui et avait comme transpercé son esprit… Ce regard, ce regard… ! Il se l'avoua à présent : ce jeune étranger le dépassait en tout !

Gabriel rejoignit la sortie et tomba nez à nez sur Eva qui passait la porte :

« Et bien Gabriel que fais-tu, pourquoi m'avoir ainsi abandonnée ?

- Je suis désolé Eva, je ne faisais rien de particulier, je souhaitais juste consulter leur bibliothèque…

- Et alors, qu'est-ce que cela a donné ?

- Rien, malheureusement. Elle est strictement réservée aux étudiants. »

Aussitôt Gabriel saisit Eva par le bras et comme l'entraînant il demanda :

« Pouvons-nous encore marcher et découvrir la ville ? »

Eva resta silencieuse. Elle semblait réfléchir… Finalement elle finit par acquiescer. Gabriel vit clairement qu'elle suspectait quelque chose. Il ne fallait absolument pas qu'elle devine l'objet de sa visite. Il déclara sur un ton enthousiaste :

« Je suis sincèrement désolé de t'avoir abandonnée ainsi Eva mais tout ceci est si extraordinaire pour moi ! Allons, a-t-on de quoi acheter à manger ? J'ai grand faim ! » dit-il en riant.

Eva sourit et Gabriel en fut soulagé. Il se sentait un peu vieux pour faire preuve d'un comportement aussi immature mais cela semblait faire illusion ; Eva s'était laissée entraîner sur ce terrain. L'inquiétude au sujet de son échappée se dissipa peu à peu...

Plus loin, près d'un marché aux bestiaux, elle demanda néanmoins :

« Etrangement tu as l'air maintenant bien plus détendu...

Quelque chose te préoccupait Gabriel... ?

- ... Non, je... je craignais juste que tu me ramènes trop tôt !

- Trop tôt ? Trop tôt pour quoi ?

- Et bien... Trop tôt avant d'avoir pu découvrir la ville et me faire une idée sur ce nouveau cycle... »

Gabriel s'en voulait de lui mentir mais il n'avait pas le choix.

Au même moment, le professeur regagnait la bibliothèque en serrant contre sa poitrine le précieux livre manuscrit.

9

Une fois sur l'île, Gabriel éprouva une intense fatigue.

Il s'assit et regarda Whisky allongé à l'ombre.

« Et bien poilu, ça ne va pas ? »

- Pourquoi demandes-tu cela Gabriel ?

- Il ne réagit pas à notre retour…

- Mais pour lui nous ne sommes jamais partis… Dit-elle amusée. Nous nous sommes absentés durant un temps infime et totalement imperceptible. Repose-toi Gabriel, tu rencontreras avant ce soir celui qui décidera d'un nouveau cycle ou non. »

Son visage s'assombrit puis marqua l'étonnement ; il avait presque oublié… son successeur, déjà ? Cela lui parut si précipité…

Soudain il sentit le poids des années. Il n'avait pas changé mais une lourde lassitude l'envahit à cet instant.

Il salua Eva qui l'embrassa et partit sans un mot.

Gabriel prit un repas léger et resta allongé une bonne partie de l'après-midi.

En fin de journée, une navette approcha et se posa doucement sur l'île. Etonnement, Gabriel était intimidé, anxieux même. Dans sa mémoire, Anastasios lui avait paru tellement plus serein… Finalement, accompagné de Whisky il se dirigea vers la zone d'atterrissage pour en accueillir les occupants ; une impatience juvénile le tiraillait à présent !

Une porte s'ouvrit et laissa apparaître une jeune femme. Elle semblait profondément émue et n'osait pas descendre.

Gabriel lui tendit la main comme pour l'encourager. Soudain elle se précipita et tomba à genoux, elle saisit la main offerte et la posa contre son visage. Elle pleurait abondement.

« Allons ma fille, relève-toi… »

Mais elle resta immobile, presque en état de transe. Elle marmonnait maintenant et pleurait davantage.

Un homme apparut mais il resta près de la navette. Il paraissait profondément intimidé. Soudain la jeune femme leva les yeux vers Gabriel et put enfin articuler :

« Oh Gabriel, père des pères, notre père à tous…Je suis Rachel »

Gabriel la regarda gêné et embarrassé. Pour faire diversion, il l'invita à sa table comme l'avait fait Anastasios.

Mais il fallut de longues minutes avant qu'elle pût se relever et accepter de venir s'asseoir avec son hôte.

Avec difficulté elle lui dit oh combien ce cycle était merveilleux et que c'était grâce à lui. Eva perçut son étonnement et y répondit aussitôt :

« Le livre ! Votre livre ! Il a bouleversé notre civilisation : scientifiques, philosophes, politiciens… Tous se sont inspirés du Livre des livres, le « Livre de Gabriel ». Un courant religieux s'en est même inspiré ! Il contenait tant de pensées, d'événements prémonitoires ! Il est étudié et vénéré depuis plusieurs siècles sur toute la planète. Son existence même a fait l'objet de nombreuses études : il était en effet impossible de le fabriquer à l'époque où il est apparu ! Vous devez comprendre une chose Gabriel, vous êtes considéré comme un messager et vénéré tout autant que votre livre…».

Elle hésita un instant puis finalement dévoila une chaîne qu'elle portait à son cou, au bout pendait une médaille :

« C'est Saint Gabriel, un porte bonheur très répandu… »

Gabriel fit un peu la moue mais il n'en revenait pas : il avait tant craint que son livre ne finisse oublié ou pire brûlé !

Mais de là à…

Il remercia néanmoins secrètement ce professeur qui avait su recevoir son livre et dont il ne connaissait pas même le nom… La voix tremblante il demanda :

« Les autres espèces… Comment…

- Toutes ont été préservées, coupa Rachel, des zones immenses sont formellement interdites aux humains, rien n'est produit qui ne soit recyclable ! Les lois visant à respecter la vie animale et plus généralement la vie sauvage sont très strictes ! Nous ne tuons par exemple aucun animal pour nous nourrir ; seuls ceux morts naturellement finissent dans nos assiettes ! Même la démographie est surveillée et régulée ! »

Gabriel était visiblement ému. Rachel reprit son souffle et se leva brusquement puis tendit la main :

« Venez, nous devons absolument vous montrer ! »

10

La navette survolait la côte depuis près d'une heure. Gabriel n'avait aperçu que d'immenses zones de végétation.

« Ce sont des forêts naturelles… ?

- Absolument ! Et regardez là bas ! Regardez ! S'exclama Rachel, Galénapolis, la capitale ! Les deux tiers près de la mer sont réservés aux habitations et bâtiments de la ville. En s'éloignant nous avons les usines et encore plus loin, près des zones naturelles, les fermes hydroponiques et l'élevage. Mais nous avons également de nombreuses usines et habitations en orbite autour de la Terre.

- Vraiment… ? C'est immense !

- Oui mais la prochaine ville est à plus de six cents kilomètres ! Il n'y a pour ainsi dire pas de présence humaine à l'intérieur des terres. Seules quelques villes historiques subsistent sous forme de centres culturels.

- Allons-nous nous poser ? Demanda Gabriel.

- Bien sûr ! Pourquoi non… ?

- Je vois malgré tout beaucoup de parcs !

- Oui chaque quartier en possède un et chaque année une terrible compétition fait rage pour élire le plus beau ! Confia Rachel en riant.

La navette aborda sa descente et se posa sur le toit d'un petit bâtiment.

« C'est ma maison ! » Dit-elle simplement.

Alors que Whisky explorait les lieux de fond en comble, tous deux prirent un verre sur une large terrasse.

Gabriel observait fasciné l'agitation urbaine.

Soudain il vit Rachel approcher. Elle semblait hésiter…

« Oui Rachel ?

- C'est que je suis confuse, je dois absolument m'absenter.

C'est pour mon travail, j'ai une réunion importante. Certaines décisions ne peuvent pas attendre !

- Mais bien sûr Rachel, c'est moi qui suis gêné de vous monopoliser ainsi…

- C'est vrai, vraiment ? Dit-elle ravie.

- Oui, allez, file ! J'ai d'ailleurs envie de visiter la ville ! Tout comme moi, Whisky a un besoin vital d'explorer de nouveaux territoires !

- Parfait, dans ce cas prenez juste cela, c'est un communiquant. »

Rachel tendit à Gabriel un petit boîtier argenté.

« Si vous avez besoin de la moindre information, vous lui demandez ! Pour ma part je serai de retour d'ici deux heures. »

Gabriel avait envie de se détendre et de flâner dans les rues. Il avait prévu de rejoindre la grand Place en remontant l'artère principale. Après quoi il irait vers le bord de mer. Il y avait beaucoup de monde dehors mais l'ambiance était des plus agréables. Les gens se promenaient ou rentraient du travail en cette fin de journée.

Lorsqu'il mit le nez dehors, il éprouva un plaisir immense et enfantin ! Il progressait lentement : son animal s'arrêtait en effet tous les dix mètres pour lever la patte et marquer son nouveau territoire.

Soudain il demanda à une jeune femme :

« Excusez-moi, la grand Place, c'est bien par là... ? »

Il aurait pu demander cette information à chaque personne qu'il croisait tant il était heureux !

Ils se promenèrent ainsi une bonne heure lorsque soudain Gabriel s'arrêta. De la musique... ! Il entendait de la musique ! C'était somptueux ! Voilà si longtemps qu'il n'avait pu écouter un instrument... C'était si beau ! Il réalisa comme cela lui avait manqué !

Il traversa la rue et rejoignit un petit groupe réuni autour de deux musiciens. Bientôt une jeune fille s'approcha et entama une chanson d'une voix pure et cristalline. Elle exprimait une telle joie que Gabriel en eut la larme à l'œil. Une femme à sa gauche l'aperçut et lui dit :

« Y sont trognons hein ? Je m'arrête à chaque fois que je les vois en sortant du boulot ! »

Gabriel se tourna vers la jeune femme et lui sourit tendrement. Elle en fut troublée et détourna le regard. Ils écoutèrent un instant puis elle demanda :

« Vous êtes d'ici ?

- Non je suis de passage belle demoiselle.

- Alors bienvenue ! Dit-elle en tendant la main, je m'appelle Helena !

Gabriel regarda sa main puis l'enserra doucement dans les siennes. Il ne put dire un mot de plus. Avec émotion, il se rappelait les mots d'Eva :

« Ils naîtront à nouveau Gabriel, leurs souffles ne sont ni perdus ni égarés ». Il avait cru à tort à un bla-bla vaguement mystique et n'avait pas insisté... Mais ces mots, il les comprenait à présent ! Il relâcha son étreinte et s'apprêtait à s'éloigner lorsque la femme lui demanda :

« Vous ne m'avez pas dit comment vous vous appelez !

- Gabriel. »

Immédiatement tous le regardèrent. Helena pencha la tête, confuse, elle fronça un peu les sourcils et dit :

« Gabriel ? Mais personne ne s'appelle Gabriel, dit-elle en riant, comme pour cacher qu'elle n'appréciait guère que l'on se moque d'elle !

Comme il ne semblait pas réagir elle leva le bras et pointa une statue à l'entrée d'un parc :

- Chaque espace vert est accompagné d'une représentation de Gabriel pour lui rendre hommage, il n'y a qu'un Gabriel ! »

Il commençait à comprendre mais il resta néanmoins silencieux, l'air un peu perdu... Ce comportement intrigua davantage Helena :

« D'où venez-vous ?

- D'un autre temps... Whisky vient ici ! »

Il se retourna aussitôt et entreprit de remonter la rue. Il était heureux d'avoir revu « Léna » mais il devait partir à présent.

Cette dernière tendit la main comme pour l'arrêter. Mais aucun mot, pas même un son ne sortit de sa bouche pour accompagner son geste. A cet instant son esprit était bien trop confus. Elle était déstabilisée, presque terrassée.

La musique avait cessé. Le groupe de spectateurs se laissa entraîner dans un débat animé au sujet de l'étrange inconnu qui s'éloignait.

Gabriel longea un nouveau parc, l'esprit perdu dans ses pensées. Il marchait vite malgré les arrêts fréquents de son chien qui ne cessait nullement son exploration.

Mais il était profondément heureux, un bonheur rafraîchissant coulait dans ses veines et se diffusait dans tout son corps. De toute la ville, de toute la planète, il en ressentait le moindre murmure, le moindre bruissement. Tous ses os vibraient tel un diapason !

Il sourit avec le bébé que la mère caresse, s'enivra avec l'animal qui plonge ou s'envole pour la toute première fois.

Cette vie, il l'aimait affectueusement, comme son propre enfant.

Mais soudain il stoppa net : à quelques mètres devant lui se tenait Eva, immobile. Elle ne semblait pas fâchée, pas même contrariée, mais elle le fixait intensément. Ils se rapprochèrent lentement et lorsqu'ils furent l'un en face de l'autre, Eva embrassa le bout de ses doigts puis caressa le visage de Gabriel. Elle sourit enfin et reprit son chemin sans dire un mot.

Gabriel marcha encore quelques minutes avant de rejoindre le bord de mer. La plage était presque déserte, seul un couple s'éloignait main dans la main.

Il s'arrêta un instant et contempla l'océan. Une légère et agréable brise arrivait du large. Il enleva et déposa ses sandales près d'un banc puis se dirigea vers le bord de l'eau.

Le ciel était enflammé par un somptueux Soleil couchant.

Gabriel ressentit une profonde fatigue et dut s'agenouiller près d'un petit rocher.

Il ferma les yeux et inspira profondément… pour la dernière fois. Il s'éteignit doucement. Son dernier souffle se dissipa dans la douceur du soir.

Whisky se coucha contre son maître, posa sa tête sur l'un de ses genoux et soupira à son tour.

Un groupe approcha sur la plage, de nombreux commentaires fusaient :

« Il ne peut pas être loin !

- Là bas près de l'eau il y a quelqu'un !

Tous firent cercle autour de Gabriel mais seule Helena osa approcher. Elle dit bientôt tristement :

« ils sont partis »

Doucement, elle leur caressa la tête.

Un jeune homme approcha à son tour. Dans la sacoche de Gabriel il trouva quelques feuilles portant son écriture, il la reconnut… Saisi d'émotion, il les lâcha presque aussitôt et recula.

Helena les regarda à son tour puis les saisit pour bientôt les brandir devant la foule médusée. Elle dit simplement, les larmes aux yeux :

« Gabriel ! »

A propos de l'auteur :

H.W.D est un romancier américain né en 1969, près de New York, USA. Cet écrivain insaisissable, dont on ne connaît que fort peu, passe le plus clair de son temps sur son voilier à sillonner la planète.

Polyglotte accompli, il a publié plusieurs romans et nouvelles dans différentes langues et sous différents pseudonymes.

Cet amoureux de la vie sauvage est particulièrement concerné par les problématiques environnementales. Il reverse le plus souvent ses droits d'auteur à des associations, lorsqu'il n'offre pas directement ses manuscrits.

« Une part d'Éternité » est son premier roman identifié écrit dans sa langue maternelle. Le présent manuscrit a été traduit et porté à la publication par Eleanor K. Smith.

Remerciements :

L'auteur et la traductrice tiennent à remercier Baudoin, Eouda, Val & John pour leur aide précieuse.

© H.d.W, 2015 All rights reserved

Tous droits de reproduction, d'adaptation et de traduction,
intégrale ou partielle réservés pour tous pays

Dépôt légale : janvier 2016
ISBN 978-2-9554736-0-3

www.ingramcontent.com/pod-product-compliance
Lightning Source LLC
Chambersburg PA
CBHW030305180626
46810CB00003B/919